LE DICO
DES
MOTS CROISÉS

Michel Laclos

LE DICO DES MOTS CROISÉS

8 000 définitions
pour devenir imbattable

Éditions du Seuil

TEXTE INTÉGRAL

ISBN 978-2-7578-0201-4
(ISBN 2-02-029900-3, 1re publication)

LE GOÛT DES MOTS

UNE COLLECTION DIRIGÉE PAR PHILIPPE DELERM

Les mots nous intimident. Ils sont là, mais semblent dépasser nos pensées, nos émotions, nos sensations. Souvent, nous disons : « Je ne trouve pas les mots ». Pourtant, les mots ne seraient rien sans nous. Ils sont déçus de rencontrer notre respect, quand ils voudraient notre amitié. Pour les apprivoiser, il faut les soupeser, les regarder, apprendre leurs histoires, et puis jouer avec eux, sourire avec eux. Les approcher pour mieux les savourer, les saluer, et toujours un peu en retrait se dire je l'ai sur le bout de la langue – le goût du mot qui ne me manque déjà plus.

Ph. D.

Du bon usage des mots croisés et de leurs définitions

Et si les mots étaient faits pour jouer ?
BORIS VIAN

Décryptant des définitions plus ou moins ardues, remplissant des grilles, case après case, au crayon ou à l'encre s'ils sont optimistes, dans l'autobus ou sous la lampe du salon, ils sont sans doute des dizaines de millions de cruciverbistes dans le monde.

Il n'existe guère, en effet, de quotidiens, d'hebdomadaires ou de mensuels – qu'ils soient de droite ou de gauche, se consacrant à la politique, aux arts, aux sciences ou à la littérature, visant les masses ou l'élite – qui ne proposent des mots croisés à leurs lecteurs. En France mais aussi partout ailleurs. C'est là, paraît-il, un bon moyen de fidéliser le lectorat. Je le crois volontiers, le cruciverbiste s'attachant peu à peu à un verbicruciste qui le satisfait et devenant souvent un fidèle puis un inconditionnel.

Qu'en est-il dans les restaurants proposant des mots croisés imprimés sur des sets de table en papier ? Je l'ignore. Je ne sais pas non plus si l'industriel londonien qui eut un jour l'idée d'orner de grilles et de définitions ses rouleaux de papier hygiénique a fait fortune. Une chose est sûre : les cruciverbistes accros qui, pour rien au monde, ne renonceraient à leur drogue, semblent se multiplier. Et c'est fort bien ainsi. Comme l'écrivait Tristan Bernard il y a une sacrée lurette : « Le mot croisé est une thérapeutique à l'anxiété contemporaine. Si les grands problèmes nationaux ou internationaux causent tant d'effroi, c'est qu'il n'est pas certain qu'il y ait une solution. Tandis que, aux mots croisés, il y en a une. »

On ne saurait mieux justifier la passion de tant de gens, de tous âges, de tous les milieux, pour un « sport cérébral » octogénaire. Qui a inventé cette « thérapeutique à l'anxiété contemporaine » ? Et quand ?

« Les mots croisés remontent à la plus haute antiquité », aurait pu dire Alexandre Vialatte qui s'intéressait beaucoup à eux et en consommait des montagnes.

En divers lieux, du côté de l'Ardèche mais aussi au bord de l'Euphrate – pas à Ur ni à Eu, pas sur les rives de l'Aa, de l'Ill ou de l'Inn, quel dommage ! – des archéologues ont découvert des dalles de pierre sur lesquelles était gravée une inscription latine ainsi disposée :

S	A	T	O	R
A	R	E	P	O
T	E	N	E	T
O	P	E	R	A
R	O	T	A	S

On la baptisa « Carré magique » et on s'interrogea longuement sur son origine (probablement les premiers temps de l'ère chrétienne) et sa signification. La chose fit couler des flots d'encre qui n'éclaircirent pas le mystère. Les chercheurs cherchent toujours. Ne les dérangeons pas.

Ce qui caractérise le « carré magique », c'est que les mots horizontaux et les mots verticaux sont identiques et qu'ils peuvent se lire de gauche à droite, de droite à gauche, de haut en bas et de bas en haut. Sans rien perdre donc de leurs vertus prophylactiques…

Le « carré magique » engendra les « mots carrés » bâtis sur le même principe mais en français. Les mots horizontaux y sont les mêmes que les verticaux. Exemple ?

E	T	R	E	S
T	R	A	C	E
R	A	D	A	R
E	C	A	R	T
S	E	R	T	E

Licence ou faiblesse, on en vint bientôt aux mots carrés lisibles dans deux sens seulement, comme ici :

O	R	A	N	G	E
R	A	G	O	U	T
A	G	O	N	I	E
N	O	N	I	D	I
G	U	I	D	O	N
E	T	E	I	N	T

Pas facile à réaliser. L'exercice plut énormément cependant et fit les belles soirées des dames et des demoiselles de bonne famille repues d'anagrammes, d'acrostiches et de rébus, au commencement de ce siècle.

Composer des mots carrés de six lettres exige un rude effort. On n'ira pas au-delà sans l'assistance de plusieurs tubes d'aspirine.

Autre « abâtardissement » des mots carrés : on utilise des mots différents horizontalement et verticalement.

Abandonnant à leurs innombrables amateurs les mots carrés et leurs variantes en triangle ou en losange, un certain Arthur Wynne, né à Liverpool mais émigré aux U.S.A. vers 1905, parvint à faire d'une faiblesse une qualité. Parce qu'il n'arrivait pas à croiser correctement tous ses mots dans une grille, il les ponctua de cases noires. Généreusement. Puis il les numérota, comme cela se fait encore parfois, et leur donna des définitions. D'une grande simplicité. Les mots croisés étaient donc inventés. Leur acte de naissance officiel date du 21 décembre 1913.

Arthur Wynne travaillait au *New York World*. Le journal cherchait des idées pour sa page « Fun » (Amusement) de l'édition du dimanche. La « trouvaille » de Wynne fut acceptée, faute de mieux. La première grille de *crosswords* parut le 21 décembre 1913, jour historique. Le succès s'avéra considérable. Il ne se démentit jamais et les dictionnaires devinrent des best-sellers. Il faut dire que sur le plan des définitions, le cher Arthur ne se cassait pas trop la tête. Un exemple : ARE (*sont*, du verbe *être*) lui inspirait : « Pluriel de *est* ». Le jeu était nouveau, il enthousiasma les lecteurs jusqu'au fond de l'Ohio. Restait à lui faire traverser l'Atlantique.

Morley Adams s'en chargea. Astucieux homme d'affaires britannique, il comprit vite l'intérêt des *crosswords* et les bénéfices qu'il pouvait tirer de leur introduction en Angleterre. S'attachant un grand nombre de collaborateurs, il fonda une véritable agence de mots croisés grâce à laquelle il put inonder le marché, de plus en plus assoiffé de mots en croix. La reine Mary elle-même s'emballa. Morley Adams mourut en 1953, à l'âge de 78 ans. Richissime. Le pauvre Wynne avait quitté ce monde en 1945. Presque misérable.

Nous ne pouvions, chez nous, ignorer le phénomène. Le 8 janvier 1925, *Le Dimanche illustré*, grand hebdomadaire familial, publiait un « nouveau et amusant jeu de patience », une grille de 15 sur 15. Le quotidien *Excelsior* suivit, le 26 février de la même année. Puis le

Pêle-mêle (10 mai 1925). Puis *Le Gaulois* (22 mai 1925). Nous n'en sommes encore qu'à la préhistoire. Comme dans les grilles anglo-saxonnes, les cases noires abondent et leurs concepteurs s'efforcent d'en tirer des effets esthétiques. Les définitions sont aussi plates et sortent crues des dictionnaires basiques. La nouveauté du jeu fait taire les exigences. Enfin Tristan Bernard vint...

C'est Jean Richepin qui attira, dit-on, l'attention de l'auteur de *L'Anglais tel qu'on le parle* sur les mots en croix. Le poète injustement oublié de la *Chanson des gueux* s'en amusait souvent, allant parfois jusqu'à imaginer des définitions astucieuses pour son plaisir ou celui de ses amis. L'humoriste ne pouvait que se piquer au jeu, lui dont les traits d'esprit faisaient rire tout Paris.

Bien entendu, ce qui le retenait n'était pas la composition de la grille, travail de patience un peu mécanique, mais ces définitions qu'il pouvait saupoudrer de l'humour le plus fin et dont il comprit vite l'intérêt littéraire.

Dès 1925, il publie chez Bernard Grasset, éditeur avisé, prompt à sentir et à saisir la bonne affaire, un recueil de grilles, l'*Album Éléphant* (« 1 vol. cartonné toile, avec un Crayon Conté, 10 francs. 50 problèmes variés et de difficulté graduée »). La même année, Tristan Bernard (rédacteur en chef) sort un journal, *Le Gril hebdomadaire*. Échec. Une de ses proches disciples, Renée David, prend aussitôt la relève avec Le *Journal des mots croisés*. Succès énorme que le talent exceptionnel de la « princesse des mots croisés » (T.B. dixit) ne suffit pas à expliquer.

À y bien regarder aujourd'hui, on s'aperçoit que les trouvailles de T.B. – ce n'est pas là faire offense à sa mémoire – ne sont pas aussi abondantes qu'on a pu le prétendre. Il fut d'abord un pionnier d'une belle énergie qui sut défricher un domaine que d'autres (j'en suis) viendront plus tard ensemencer et exploiter. On lui a prêté (puisqu'il était riche) beaucoup de boutades dont il n'était pas toujours l'auteur. Pareillement, on lui attribua bien des définitions dont il n'est nullement le père. Faut-il rappeler l'illustrissime « Vide les baignoires et remplit les lavabos » (ENTRACTE) qui appartient à Renée David ?

En revanche : « Crut devoir insister sur certains points pour ne pas avoir à prendre parti » (PÉNÉLOPE), c'est fort. Et « Fait la valeur du franc » (SINCÉRITÉ) ? Et « Moins cher quand il est droit » (PIANO) ? Et encore : « Ce que le feu a épargné » (HÉRITAGE), lui reviennent.

De même : « Fréquente le palais et menace la couronne » (CARAMEL), une de mes préférées. En vérité, on pourrait en citer des dizaines et des dizaines, voire des centaines, d'une égale drôlerie.

Évitons les malentendus : Tristan Bernard a été le premier à introduire de l'humour dans les mots croisés qui en manquaient fâcheusement et auraient peut-être fini par lasser, à la longue, la majorité de leurs amateurs. Un autre des mérites – non le moindre – du barbu est d'avoir, par son exemple, incité de nombreux écrivains à s'essayer dans cette discipline. Avec des bonheurs divers, il est vrai. La liste en est impressionnante. Citons en vrac : André Fontainas, Maurice Donnay, Romain Coolus, Edmond Haraucourt, Jean Richepin (déjà évoqué), Curnonsky, Cami (qui faisait remonter les mots croisés jusqu'à Godefroi de Bouillon !), Henri Christiné (le compositeur de *Phi-Phi*), Adrien Vély, Alfred Sauvy (mais oui !), Reynaldo Hahn, Dignimont et même Sacha Guitry qui se fendit d'une « Lettre-postface » grillée pour un recueil de son ami Tristan. Du beau monde. Une bonne partie du gratin littéraire et artistique de l'époque.

Une Académie des mots croisés se créa. Les membres de l'Académie de l'humour français (parmi lesquels figuraient Gabriel de Lautrec, Maurice Dekobra, Paul Reboux et Maurice Garçon) se mirent à définir à leur tour et à tour de bras, publiant leurs meilleures idées dans de charmants petits volumes thématiques *(L'Amour, La Gastronomie)* qu'illustrait Joseph Hémard. Et le *Journal des mots croisés* de Renée David prospérait, suscitant de nouvelles vocations de verbicrucistes et élargissant son audience semaine après semaine. Ce fut alors un âge d'or pour les mots croisés. Tristan Bernard en avait été le prophète. Barbu, ainsi qu'il sied aux prophètes. Et il avouait: « Depuis que je me suis livré au noble sport des mots en croix, j'ai fait de grands progrès, d'abord en cherchant des mots et en défrichant de cette manière des arpents entiers de mon esprit puis en en composant; ce qui m'a perfectionné étonnamment dans l'art d'écrire... »

Une (bonne) définition, qu'est-ce, au fond ? Une image, une métaphore parfois, un raccourci qui fait se télescoper cocassement deux idées, la mise en fausse évidence d'une ambiguïté. Dans ses *Journaux* récemment parus, Raymond Queneau note (page 991) que les mots croisés sont « basés sur le jeu des associations fortes et des associations faibles. Exemple : "Ne sort jamais de sa cage". "Cage" dirige vers "oiseau" et c'est "ascenseur" qu'il faut trouver. »

Littérature, littérature, vous dis-je !

A ma connaissance, l'auteur des *Exercices de style* ne fut jamais verbicruciste, cruciverbiste, sûrement. Dans un poème du *Chien à la mandoline*, il s'écrie :

Ah quel plaisir d'être cruciverbiste
et d'avoir un monde prêt sous sa noire et blanche
[grille

et de choyer chaque mot comme un tout petit chien
qui dans le dictionnaire urine et pisse et grouille.

En cherchant bien, on trouverait sans doute, éparses dans son œuvre, des définitions de belle qualité. On en rencontre d'ailleurs partout chez des auteurs qui ignoraient, bien sûr, les mots croisés pas encore inventés. En voici une poignée, choisies presque au hasard :

ÉCHO : *Miroir du son* (Joseph Joubert).

EFFRONTERIE : *Avorton de l'audace* (Rivarol).

ÉCRITURE : *Peinture de la voix* (Voltaire).

POIREAU : *L'asperge du pauvre* (Alexandre Dumas père).

PLUIE : *Distraction de la province* (Edmond de Goncourt).

MUSIQUE : *Du bruit qui pense* (Victor Hugo).

PARENTHÈSE : *L'île du discours* (Victor Hugo).

JÉSUITE : *Un homme habillé en éteignoir* (Victor Hugo).

HISTORIEN : *Un prophète qui regarde en arrière* (Henri Heine).

ÉGOÏSTE : *Un homme qui ne pense pas à moi* (Eugène Labiche).

MYTHOLOGIE : *Dictionnaire d'hiéroglyphes vivants* (Baudelaire).

BRÉVIAIRE : *Sorte de géologie ecclésiale* (Huysmans).

Dans le genre, Jules Renard, dont l'esprit est fin, l'humour féroce et la plume concise, est le recordman. Avec beaucoup de patience, on pourrait bâtir une grille dans laquelle n'entreraient que des mots par lui définis. Accordons-lui une place à part :

ÂNE : *Lapin devenu grand.*

BONDE : *Nombril du tonneau.*

CARESSE : *Calotte de velours.*
CIRCONFLEXE : *Hirondelle de l'écriture.*
CLOCHE : *Jupe sonore.*
CONCIERGE : *Sursum cordon.*
FUMÉE : *Rêverie du feu.*
GLOIRE : *Fumée sans feu.*
HOMME : *Ce condamné à mort.*
IDÉAL : *Un rêve précis.*
LANTERNE : *Bougie en prison.*
PAPILLON : *Fleur vagabonde.*
PARADIS : *Château en Espagne.*
PERCHE : *Zèbre de l'eau.*
POSTILLONS : *Intempéries du langage.*
RONFLER : *Dormir tout haut.*
SILLONS : *Rides de la terre.*
TROIS-MÂTS : *Végétation de la mer.*

Plus près de nous, donc contemporain des mots en croix devant lesquels il ne devait jamais s'agenouiller, Paul Claudel est le responsable d'un superbe « Manque de savoir-vivre » (SUICIDE) que l'on déniche avec stupéfaction dans son *Journal* et qui a été maintes fois « emprunté ». J'aime assez le « Récompense des chefs-d'œuvre » pour PATINE, d'André Gide, et énormément « L'aquarelle de l'amour » (FLIRT) dû à l'Immortel auteur du *Disciple* et de *L'Étape*, Paul Bourget.

Pour en finir avec les rapports intimes existant entre la littérature plus ou moins majuscule et les mots croisés, rappelons que les meilleurs des verbicrucistes de ces dernières années sont des écrivains reconnus comme tels : Georges Perec (romancier et oulipien émérite), Yves Gibeau (romancier), Robert Scipion (pasticheur, scénariste et dialoguiste), ainsi que Jacques Bens (poète, romancier et oulipien comme Perec). Ce n'est pas un hasard.

Le lecteur qui vient d'ouvrir ce livre trouvera dans les pages qui suivent un nombre considérable de définitions classées par ordre alphabétique. Une somme, en somme, issue d'une production cruciverbique étalée sur une vingtaine d'années. Il s'agit en effet d'un dictionnaire en forme de dictionnaire dans lequel j'ai classé ce qui m'a semblé mériter d'être conservé.

Comment l'utiliser ? Le mieux, je crois, est de l'ouvrir au hasard et de le refermer avant l'indigestion. On peut en faire la base d'un jeu de société en proposant des définitions autour d'une table, à la fin d'un repas. Pas besoin alors de papier ni de crayon pour trouver les solutions : on garde les mains libres pour achever son verre. Enfin, on peut aussi s'en servir comme d'une cale si on possède un meuble vraiment trop boiteux.

MICHEL LACLOS

Noms Communs

A

Abaca	Chanvre à part.
Abaisser	Mettre bas.
Abajoue	Garde-manger.
Abat-jour	Chapeau d'éclaireuse.
	Adoucissant pour les ampoules.
Abats	Comprennent les langues mortes.
Abattis	Membres d'un conseil populaire.
Abbé	Pilier d'église.
A.B.C.	Un début à tout.
	Lettres d'introduction.
Abée	Trou d'eau.
Abondance	Unicorne.
Abonnement	Témoignage de fidélité.
Abonnés	Reliés par un fil.
Aborigène	Naturel chez lui.
Abouler	Cracher du liquide.
Aboulie	Donne l'embarras du choix.
Aboulique	Pas du tout nietzschéen.
Abracadabra	Mot de passe-passe.
Abri	Le gîte et le couvert.
	Marina pour la vedette.
Abrité	A son couvert assuré.

Casse l'établi.	**Abrogation**
Donne tort.	**Absence**
En manque.	**Absent**
Se met très souvent dans son tort.	**Absentéiste**
En liberté provisoire.	
Coup d'éponge.	**Absolution**
Régime à base de fromage de tête.	**Absolutisme**
Ne partage rien.	**Absolutiste**
Manque d'expression.	**Abstention**
Les voix du silence.	**Abstentionnistes**
Des voix qui se sont tues…	
Pêcheurs à la ligne.	
Intouchable.	**Abstrait**
Dépassement dangereux.	**Abus**
Naît dans l'au-delà.	
Arrivé au trop.	
Abîme avec de l'eau.	**Abysse**
Fonds en liquide.	**Abysses**
Représentation sans effets spéciaux.	**Académie**
Nu ou, parfois, richement habillée.	
Arrivée dans un fauteuil.	**Académicienne**
Rare en cet état.	
Tutti Conti.	**Académiciens**
Cantonnement de pompiers.	**Académisme**
Dure de la feuille.	**Acanthe**
Fait de la gratte.	**Acarus**
Charger lourdement.	**Accabler**
Champignon dangereux.	**Accélérateur**

Accent	Grave pour une infirmière.
Accents	Mâles de la Marseillaise.
Accentuation	Acte d'accusation.
Accentuer	Accuser, mais rarement à la légère.
Accessit	Récompense hors de prix.
Accessoire	Complément d'objet.
Acclamations	Ensemble vocal.
Accompagnateur	Guide touristique.
Accompagnatrice	Dame de compagnie.
Accord	Plaqué par une pianiste.
Accordée	Fiancée avec Greuze.
Accorder	Régler des notes.
Accouchement	Séparation de corps.
Accouplement	Corps à corps.
Accouru	A suivi l'appel.
Accoutrement	Mise à part.
Accroche-cœur	Décoration obtenue sur le front.
Accroupissement	Action en baisse.
Accueil	Prise de contact.
Accumulateur	Réserve d'énergie.
Accusations	Leurs chefs sont sans indulgence
Accusée	Femme très chargée.
Ace	Service impossible à rendre.
Achat	En fin de course.
	Bien payé.
Achats	Chargements de chalands.
Achtung	Gare en Allemagne.
Acide	Rongeur.
Acidité	Nuit au palais.

Établissement de bains.	**Aciérie**
Haut mal.	**Acmé**
Offensive de la guerre des boutons.	**Acné**
Épreuve de physique pour les jeunes.	
Font l'appoint.	**À-côtés**
Ingénieux du son.	**Acousticien**
Règlement de comptes.	**Acquittement**
Tour de piste.	**Acrobatie**
Se forme en tête de lignes.	**Acrostiche**
Pièce à l'étude.	**Acte**
Tranche de pièce.	
Gratuit dans un chemin de fer.	
Pièces détachées.	**Actes**
Demandeur d'emploi.	**Acteur**
Les rayons, c'est son rayon.	**Actinothérapie**
Homme d'action.	**Activiste**
Façon de voir.	**Acuité**
Technique médicale de pointe.	**Acupuncture**
Transmission de pensée.	**Adage**
Un de plus.	**Additif**
Agrément de la politique.	**Adhésion**
Déclaration de perte.	**Adieu**
Formule un au départ.	
A un côté touchant.	**Adjacent**
A dû faire sa soumission.	**Adjudicataire**
Donne le choix.	**Ad libitum**
Réception officielle.	**Admission**
Seuil de tolérance.	

Adolescence	Deuxième jeunesse.
Adoption	Prise en charge.
Adorer	Se mettre à genoux dans la cour.
Adoubement	Prise d'armes.
Ad patres	Direction finale.
Adret	Une place au soleil.
	Part de flanc.
Adulte	Ne croît plus.
Adultère	Relations extérieures.
A.E.I.O.U.	Portaient les couleurs d'Arthur.
Aération	Donne un air correct.
	Exposition en plein air.
Aérobic	Mouvements musicaux.
	Exercice musical.
Aéroclub	L'école du vol.
Aérodynamique	En forme pour filer.
Aéronavale	Flotte dans l'air.
Aérostier	S'envoyait en l'air avec une saucisse.
Affabulation	Œuvre d'imagination.
Affaissement	Cause de dépression.
Affamer	Rendre sourd.
	Casser les oreilles.
Affirmation	Déclaration d'assurance.
Affranchissement	Rupture de chaîne.
Affûter	Travailler sur un fil.
Aficion	Possession espagnole.
Aficionado	Mordu par le taureau.
Afro	Coupe exotique.
Agapes	Cène inférieure.

A une fleur épanouie.	**Âge**
Tendre bien avant d'être mûr.	
Bureau de placement pour femme de ménage.	**Agence matrimoniale**
Ajuster une combinaison.	**Agencer**
Carnet du jour.	**Agenda**
Planche de salut.	**Agenouilloir**
Cogne dans la rue.	**Agent**
Hirondelle du faubourg.	
Union des corps.	**Agglomération**
Réunion en ville.	
Gonfle le pis.	**Aggravation**
Manœuvre en cours.	**Agiotage**
Point stable.	**Agité**
Bête mais doux.	**Agneau**
Bouclé mais innocent.	
Quelle angoisse pour les gens en place !	**Agoraphobie**
Petite demoiselle.	**Agrion**
Culture de la culture.	**Agronomie**
Corde à nœuds.	**Agui**
Gros effort littéraire.	**Ahan**
Effet stupéfiant.	**Ahurissement**
Participe.	**Aide**
Est aux petits soins.	**Aide-soignante**
Mal exprimé.	**Aïe**
Accusé de réception.	
Le son du pain.	
Espèces arboricoles.	**Aïeux**
Vieux partis.	

Aigu	Haut de gamme.
	L'accent du Périgord.
	Accent de sincérité.
Aiguille	Se tire pour faire le point.
	La queue du chas.
Aiguillon	Pique-bœuf.
Ail	Tête à plat.
	En tête dans les livres de cuisine.
	Piqueur de rôtis.
Aile	Morceau de zinc.
Ailette	Lame en penne.
Aimé	À la bonne.
Aimer	Mission catholique.
Aînesse	Mauvais coup du droit.
	Droit à la nourriture.
Ainsi soit-il	Vœu pieux.
Air	Confiné dans sa chambre.
	Mine de surface.
	Expression courante.
	Sa liberté est exemplaire.
	Passe par le nez ou par l'oreille.
	Bourré de son.
Airain	Très bronzé.
Aire	Terre battue.
	Plat avec des œufs.
Aisselle	Un endroit au poil.
Ajuste	Agence pour l'emploi.
Alaire	Nom de plume.
Alambic	Fourneau à alcool.
	Fait du goutte à goutte.

Ce qui suit, c'est du temps perdu !	**À la recherche**
Fort alambiqué.	**Alcool**
Eau forte.	**Alcoolat**
Oiseau rare.	**Alcyon**
Coup de pub.	**Ale**
Mousse d'Angleterre.	
Tour de vie.	**Aléa**
Des à-côtés.	**Alentours**
Prévenir pour prévenir.	**Alerter**
Sujet empoissonnant.	**Alevin**
La matière d'un bon papier.	**Alfa**
Sorties de scènes.	**Algarades**
Souvenir du temps passé.	**Alibi**
Le temps retrouvé.	
Enfermé sans raison.	**Aliéné**
Bon vent !	**Alizé**
Tout en anglais ou une partie en allemand.	**All**
Offrir un bon coup de blanc.	**Allaiter**
Proche de la pêche.	**Allant**
Fait un bout de chemin sur les planches.	**Allée**
Cavalière au Bois.	
Perte de poids.	**Allègement**
Avancer pour se défendre.	**Alléguer**
Calotte doublée.	**Aller et retour**
Intolérance.	**Allergie**
Union durable.	**Alliage**
Mariage solide.	
Mariage de raison.	**Alliance**

Alliances	Bijoux de famille.
Allitération	Si, si, ça c'est sûr !
Allo	Amorce au bout du fil.
	Premier mot sur la ligne.
Allumette	Petit bois pour le feu.
	Flambeuse.
Allure	Air.
Allusion	Éclairage indirect.
Alopécie	Ses victimes n'ont aucun cran.
	Coauteur de *La Cantatrice chauve* ?
	Polisseuse de cailloux.
Alpage	Pré haut.
Alphabétique	Un ordre qui ne s'adresse pas aux illettrés.
Alphabétisation	Un début dans les lettres.
Alpiniste	Monteur à la chaîne.
Altercation	Mots croisés très durs.
Alter ego	Dédoublement de la personnalité.
	Quasiment double.
Altimètre	Compte les pieds.
Altitude	Au-dessus de la mer.
Alvéole	Part de gâteau.
Amadou	Queue de briquet.
Amaigrie	A changé de ligne.
Amaigrissement	Bénéfice de la cure.
Amalgamation	Chercheuse d'or.
Aman	Éponge arabe.
	Gomme arabique.
Amasser	Faire des tas de choses.
	Ne peut pas se faire en roulant.

Ancien chef de cabinet.	**Amateur**
Point de vue.	**Amaurose**
Représentation à l'étranger.	**Ambassade**
Mission spéciale.	
Vedette en représentation.	**Ambassadrice**
Micro-climat.	**Ambiance**
N'est pas à sens unique.	**Ambigu**
Force motrice.	**Ambition**
Moteur très puissant.	
Force de propulsion.	
Deux en une.	**Ambivalente**
Véhicule pour la campagne.	**Ambulance**
Tire mais on ne doit pas tirer dessus.	
Bonne sœur.	**Âme**
Se vendait diablement cher.	
Vide des canons.	
Sœur bien-aimée.	
Élément d'un foyer.	
Mieux fait.	**Amélioration**
Conseil de révision.	**Améliorez**
Accord final.	**Amen**
Vœu pieux.	
Métamorphose du papillon.	**Amende**
Plaie d'argent.	
Prélèvement obligatoire.	
Agir pour le mieux.	**Amender**
Préparer le terrain.	
Demeure fixe pour le marin.	**Amer**
Made in U.S.A.	**Américanisme**

Améthyste	Montée sur un évêque.
Ami	Retrouvé par Oreste en première ligne.
	Pierrot lunaire.
Amicalement	Fait partie des bonnes manières.
Amict	Passé avant l'aube.
Amidon	Féculent bon pour les limaces.
Amirauté	Corps dans la flotte.
Amitié	Entente cordiale.
Amitiés	Particulièrement romanesques.
Amnésie	Gommeuse.
	Absence prolongée.
	Blanchisseuse d'autrefois.
Amnésique	S'est oublié.
	N'a rien à regretter.
	Sans rancune aucune.
Amnioscopie	Contrôle des eaux.
Amnistie	Coup de blanc.
	Gomme à peine.
	Coup de grâce.
À moi comte…	Accostage dramatique au bord du Guadalquivir.
	Trois mots pour deux mots qui suivent.
Amollie	Ancienne ferme.
Amont	Toujours à contre-courant.
Amou	Un amour incroyable.
Amourettes	Vendues avec les fraises.
Amours	Roses en peinture et jaunes en poésie.
	Enfants de cœur.

Facilite les déplacements.	**Amovibilité**
Bateau à roues.	**Amphibie**
Problème de mots croisés.	**Amphibologie**
Pot de vin.	**Amphore**
Est en cloque.	**Ampoule**
Charme personnel.	**Amulette**
Préservatif propre.	
Se porte comme un charme.	
Doublement gris.	
Tord-boyaux.	**Amuseur**
Productrice de canards.	**Amusie**
Temps compté.	**An**
Quatre quarts.	
Balai rond.	
Tranche d'âge.	
Capitales d'Amérique du Nord.	
Raconte des blagues.	**Ana**
La manne à Vermot.	
Temps mêlés.	**Anachronisme**
Faute de concordance des temps.	
Hors d'âge.	
A raté la correspondance.	
Mélange deux temps.	
Radine avec Derain.	**Anagramme**
Ton gamin avec Matignon.	
Gare à la rage.	
Drôles avec Delors.	
Prière pour Pierre.	
Grêle avec Léger.	
Lâcher pour Rachel.	

	Chantier pour Tchernia.
	Laid pour Dali.
	Aimer pour Marie.
Analogies	Remarquables dans leur correspondance.
Analogue	Parent ou voisin.
Analphabète	Produit d'une société sans classes.
Analphabétisme	Le degré zéro de l'écriture.
Analyse	Décomposition des corps.
Anarchiste	Casseur de règles.
Anatomie	Corps constitué.
Ancienneté	Est en promotion.
	Fait avancer mais lentement.
Ancillaire	Pour une liaison à la cuisine.
Ancrage	Point fixe.
Ancre	Traînée dans les bas-fonds.
	N'est utile que si on la jette.
Andain	Foin de côté.
Androïde	La mécanique humaine.
Anecdote	Fait mince.
Anémie	Mal blanc.
Anémique	Ne rougit pas de son état.
Ânerie	Perle de moule.
Ânes	Leur pont est facile d'accès.
Ange	Passe en silence.
	Gardien de la paix.
Angelots	Les enfants du paradis.
Anges	Ont des problèmes sexuels.
Angle	Demeure dans le coin.
Angles	Ils ont des arêtes.

Made in England.	**Anglicisme**
Amateur de Rosbif.	**Anglophile**
Poisson de roche.	**Anguille**
Plein d'arêtes.	**Anguleux**
Variété de cactus.	**Anicroche**
Petit os.	
Mue.	**Animée**
Voit tout avec esprit.	**Animiste**
A tendance à trouver tout le monde spirituel.	
Fan des idoles.	
Gourde.	**Ankylosée**
Rapports peu fréquents mais réguliers.	**Annales**
Jour de l'an.	**Anniversaire**
Faire part.	**Annoncer**
Dépanne celui qui manque d'adresse.	**Annuaire**
Livre de renseignements.	
Suppression de l'emploi.	**Annulation**
Fournissait des armes.	**Anoblissement**
Accélérateur de particules.	
Prises d'armes.	
Le don des armes.	
N'est pas en règle.	**Anomalie**
Recherche dans l'expression.	**Ânonnement**
Né de père inconnu.	**Anonyme**
Coupe-faim.	**Anorexie**
Point de senteur.	**Anosmie**
N'a pas fait la queue.	**Anoure**

Ans	Blanchisseurs au poids.
	Charge accablante.
	Courbent l'échine.
Anse	Pour mettre la main au panier.
	Petite baie salée.
Ansérine	Patte d'oie.
Anses	Les oreilles d'un sourd.
Antenne	Branche de la télévision.
Antériorité	Caractère du précédent.
Anthologie	Donne le choix.
Anthrax	Cause de mauvaise humeur.
Anthropocentrisme	Mégalomanie.
Anthropophage	Aime bien les hommes.
Anthropopithèque	Une des premières versions de la bête humaine.
Anti	Contre mais tout contre.
Antipathique	Ne revient pas.
Antiride	Pour sauver la face.
Antisèche	Petite dépanneuse.
	Pompe de secours.
Antre	Home bête.
Anurie	Panne sèche.
Aparté	Voix détournée.
	Fausse confidence.
Apartheid	Barrière noire et blanche.
Apatride	Orphelin de mère.
Apéritif	Creuse pour le repas.
Apesanteur	État sans gravité.
À-peu-près	Le cocher de Sisyphe ou le tombeau des Danaïdes.

Une pointe d'accent en latin.	**Apex**
Au plus haut point.	
Annulation des voix.	**Aphonie**
N'a pas pied.	**Apode**
Voie sans issue.	**Aporie**
Mise en garde.	**Apostée**
Note pour le piston.	**Apostille**
Interpellation brutale.	**Apostrophe**
Une seule suffit pour aujourd'hui.	
Agent de propagande.	**Apôtre**
Coup de pompe.	**Apparat**
Huile rouge.	**Apparatchik**
Pompe à huile.	**Appareil**
Le plus simple est sans effets.	
Réunion de travail.	**Appareillement**
Mariage de raison.	**Apparentement**
Vue de l'esprit.	**Apparition**
Pièces jointes.	**Appartement**
Pièces intimistes.	
Donner de l'appétit.	**Appâter**
Contrôle militaire.	**Appel**
Coup de corne.	
Nom de baptême.	**Appellation**
Hors-d'œuvre en supplément.	**Appendice**
S'ajoute ou se retranche.	
Creux de l'estomac.	**Appétit**
Ne sont pas nourris avec des navets.	**Applaudissements**
Contributions directes.	**Apports**

Âpre	Dure à entendre et difficile à avaler.
	Veille au gain.
Aptère	Interdit de vol.
Aptitude	Don.
Aptitudes	Facilité de travail.
Apurement	Vérification du compteur.
Aqua	Eau de source latine.
	L'eau du bocal des poissons rouges.
Aquarelle	Idéale pour les marines.
Aqueuse	Gorgée d'eau.
Aquilin	Définition à vue de nez.
Aquilon	Souffle poétique.
Arabe	Usager du téléphone.
Arabesque	La ligne de l'Islam.
Arabesques	Broderies sur le piano.
Arbitrage	Règlement de comptes.
Arbitraire	N'a pas de règles.
Arbitre	Juge du milieu.
	Observateur du milieu.
Arbre (généalogique)	Regroupement familial.
Arbrisseau	Petit fût d'essence.
Arc	Triomphaliste.
Arc-en-ciel	Écharpe mouillée.
	Couleurs à l'eau.
	Haut en couleurs.
Arche	Bateau de sauvetage.
Archéologue	À la recherche du temps perdu.
Archet	Instrument à cordes.

Groupe de la Société.	**Archipel**
N'a pas l'esprit de l'escalier… mais ça c'est une idée de Flaubert.	**Architecte**
Maisons de papiers.	**Archives**
Flambée des sens.	**Ardeur**
Consommations des sens.	**Ardeurs**
Grandes chaleurs.	
Laissée pour compte.	**Ardoise**
Compte à régler.	
Plat de terre.	**Are**
Unité territoriale.	
Petite place carrée.	
Partie de campagne.	
Petit plat.	
Théâtre en rond.	**Arène**
Des ronds pour faire des courses.	**Arènes**
Comité d'entreprise.	**Aréopage**
Société savante.	
Rencontre au sommet.	
Unités déployées sur le terrain.	**Ares**
Peut étrangler dans l'ombre.	**Arête**
À l'intérieur du bar.	**Arêtes**
Avec lui, c'est la tuile assurée !	**Arêtier**
Galette de blé.	**Argent**
Oseille braisée.	
Billets doux.	
Liquide inodore.	
Permet de répliquer vertement.	**Argot**
Idée avancée.	**Argumentation**
Maître d'armes.	**Aristocrate**

Aristocratie	Propriétaire d'armes anciennes.
	La fine fleur (de lys).
Aristos	On leur a coupé la queue après leur avoir coupé la tête.
Arme	N'est passée à gauche qu'au dernier moment.
	Blanche de Tolède.
Armée	Union des corps.
	Troupe subventionnée.
Armes	Meubles de famille.
Armet	Salade du chef.
Armistice	Coupe-feu.
Armoire	Derrière le miroir.
Armorial	Dépôt d'armes.
	Tas d'écus.
	Livre des armes.
Armure	Protection rapprochée.
	Garde du corps.
Arôme	Odeur d'essence.
Arpèges	Notes détaillées.
Arraché	Départ de poids lourds.
Arrangeur	Travailleur en plein air.
Arrestation	État sans libertés.
	Blocage des pris.
Arrêt	Pas courant pour un chien.
	Souvent à cran.
	Spécialité maison.
Arrière-goût	Vague de fond.
Arrière-pensée	Dissimulée dans la réserve.
Arrière-train	Siège mou.

Force motrice. **Arrivisme**

Voisine de la morgue. **Arrogance**

Grand par la suite. **Arroi**

Plus franc qu'avant. **Arrondi**

Pilote de jet. **Arroseur**

S'est drôlement mouillé dans une histoire de cinéma.

Asperge avec une pomme. **Arrosoir**

Faiseur de pluie.

As en chimie. **Arsenic**

Le meilleur des hommes. **Art**

Beau domaine.

Placé au-dessus de l'adresse.

Adresse d'apatride.

Joue plus ou moins dans le mouvement. **Articulation**

Leurre de vérité. **Artifice**

Tour de manège.

Homme à l'affût. **Artilleur**

Il pointe ou il tire ?

Servent des canons. **Artilleurs**

Petit singe. **Artisan**

Manuel du patronat.

Manuel d'art.

Femme qui cause. **Artisane**

Ont leur entrée au théâtre et au cinéma. **Artistes**

Pas cadencé. **Arythmique**

Cœur battant. **As**

Cœur simple.

	Mec plus ultra.
	Quatuor qui joue souvent.
	A un cœur difficile à prendre.
	Monte à la tête du censeur.
	Pique fort.
	N'a pas beaucoup de cœur.
	À jouer ou à louer.
Ascendance	Monte dans les arbres.
Ascension	Montée en neige ?
Ascensionniste	Souvent sur les dents.
Ascèse	Vie privée.
	Grande ceinture.
Ascète	Tenu à la ceinture.
	Usager de la grande ceinture.
Aspersoir	Pomme à l'eau.
Asphyxié	N'a pas l'air comme il faut.
Aspirant	Enseigne encore à l'école.
Aspiration	Coup de pompe.
Assaut	Épreuve de force.
	Lutte de classe.
Assemblage	Réunion réussie.
Assertion	Réclame du crédit.
Asservissement	Abus de pouvoir.
	Serf-service.
Assez	Suffisant… de A à Z.
Assignat	Papier d'argent.
Assimilation	Un travail absorbant.
Assis	Le chien sur le toit.
	Le chien de la maison.
Assises	Ont leur cour dans un palais.

Public ou publique.	**Assistance**
Due à la femme de ménage.	
Raser gratis.	**Assommer**
Effet du rasoir.	**Assoupissement**
Laisser-aller en somme.	
Permission de détente.	**Assouplissement**
Baisse de tension.	
Arrêts de rigueur.	**Assouplissements**
Police de la route.	**Assurance**
Agent de police.	**Assureur**
Préavis de renvoi.	**Astérisque**
Mordu de la pêche.	**Asticot**
Beau mais… comme la lune !	**Astre**
Beau modèle.	
Amende amère.	**Astreinte**
Coût de force.	
Corps des nues.	**Astres**
Éthéromane ?	**Astronaute**
Porte aux nues.	**Astronef**
Homme à lunettes.	**Astronome**
Fait le malin.	**Astuce**
La question s'est posée à Séville et, indirectement, à Marseille.	**As-tu du cœur ?**
État d'âme.	**Ataraxie**
Souvenir de famille.	**Atavisme**
Porteur de décorations.	**Atlante**
Toilettes pour dame.	**Atours**
Chance au jeu.	**Atout**
Porté à la scène sur la scène.	**Atrabilaire**
Un homme qui fume beaucoup.	

	Joueur de l'ire.
Âtre	Foyer rural.
Attachement	Affection chronique.
Attacher	Organiser des réunions.
Attaque	Accès ou sortie.
Attendre	Louis XIV l'a évité de justesse.
Attendrissement	Ramollissement cérébral.
Attente	L'avant du lapin.
	Passe-temps.
	Essence de poireau.
	Lapin en gestation.
Attention	Gare.
	Gaffe.
	Prêtée avec intérêt.
Atterrir	Se reposer en avion.
Atterrissage	Temps de pose.
Attirer	Agir en aimant.
Attisé	Ranimé par un soufflet.
Attitude	Port artificiel.
Attouchements	Opérations manuelles.
Attraction	Clou dans une boîte.
	Force de la nature.
	Force de loi.
Attraits	Séducteurs.
Attribuer	Prêter avec reconnaissance.
Attributions	Distribution des rôles.
Attributs	Propriétés particulières.
Attrouper	Masser une partie du corps.
Aubade	Air vif et matinal.
	Réveille-matin.

Centre d'accueil.	**Auberge**
Couche dans les arbres.	**Aubier**
Le front du crâne.	**Audace**
Attestation d'assurance.	
On n'en revient pas !	**Au-delà**
Bout d'essai.	**Audition**
Bac professionnel.	**Auge**
Petite dépanneuse.	**Aumône**
Le père du régiment.	**Aumônier**
Était toujours fourrée à l'office.	**Aumusse**
Étalon personnel.	**Aune**
Avoir du futur.	**Aura**
A de l'avenir.	
Bain de vapeur.	
Sortie des médiums.	
Rond de chapeau.	**Auréole**
Petit rapporteur.	**Auriculaire**
Journalière très matinale.	**Aurore**
Recherche médicale.	**Auscultation**
Économie politique.	**Austérité**
Vieux tailleur de pierres.	**Australopithèque**
Introduit du kif.	**Autant**
Vie intérieure.	**Autarcie**
On y va d'un commun accord.	**Autel**
Table de la foi.	
Coupe du monde.	**Autisme**
Tire souvent sans mobile.	**Auto**
Ramène tout à soi.	
Exploitation de l'homme par l'homme.	**Autobiographie**

	Relation très personnelle.
Autobus	On n'en change pas sans arrêt.
Autocratie	A la tête dure.
Autodafé	Introduit des livres dans les foyers.
Autodéfense	Self-service armé.
	Un problème d'existence plus que d'essence.
Autodidacte	Élève de l'auto-école.
	Directeur de self-service ?
Autodiscipline	Code de la route.
Auto-école	Met un frein à nos études.
Automne	Violoniste verlainien.
Autonomiste	Exige beaucoup de self-contrôle.
Autopsie	Fait ouvrir le feu.
Autorisation	Feu vert.
Autorités	Têtes hautes.
Auto-stop	Voyage en classe économique.
	Voyage d'agrément.
	Halte routière.
Autres	Enfer très peuplé.
Aval	Manifestation de soutien.
	Risque calculé.
	Partie de cours.
Avalanche	Chute de neige.
	Glace à emporter.
	Descente dangereuse.
	Péril blanc.
	Descend froidement.
Avancement	Sujet de tableau.

Traitement difficile à encaisser.	**Avanie**
Pré.	**Avant**
Sa suite n'a pas beaucoup d'importance.	**Avant-dernier**
Présence du futur.	**Avant-goût**
Premier avertissement.	**Avant-propos**
Dur d'oseille.	**Avare**
Vieux rat pesteux.	**Avaricieux**
Dégâts de la marine.	**Avaries**
Tuiles du bâtiment.	
Un con d'Italien chez nous.	**Avec**
Trou de province.	**Aven**
Le trou d'Armand.	
Point d'interrogation.	**Avenir**
Toujours devant.	
Étape de coureur.	**Aventure**
Intrigue pas solide.	
Bonne à dire.	
Femmes de manœuvres.	**Aventurières**
Douche froide.	**Averse**
Deux en un.	**Averti**
S'est fait doubler.	
Coup de corne.	**Avertissement**
Double la valeur de l'homme.	
Opération à cœur ouvert.	**Aveu**
Fait avec reconnaissance.	
Coup franc.	
Homme d'appareil.	**Aviateur**
Conquise par la réaction.	**Aviation**
Entretient des cocottes.	**Aviculteur**

Avilir	Mettre bas.
Avion	Coucou adulte.
Avions	Dans l'armée de l'air ou dans l'auxiliaire.
Avis	Ne sont pas partagés quand ils sont partagés.
	Se donne au premier venu.
Aviso	Messager des ondes.
Avocaillon	Petit bavard.
Avocat	Général mis en accusation.
Avocate	Femme de chambre.
Avoine	Folle quand elle est stérile.
Avoir	Bien possédé.
	Auxiliaire du propriétaire.
Avorte	Foire.
Avortement	Abandon d'enfant.
Avorton	Garçon manqué.
Avril	Très poissonneux au début.
	A son jour pour le poisson.
Avunculaire	A des rapports avec une tante.
Axe	Direction générale.
Ayant droit	Prétendant légitime.

B

Baba	Pâtisserie ou soufflé.
Baba-cool	Retraité de la communauté.
	Produit de 68.
Babouche	Pompe dans les pays arabes.
	Mule arabe.

Surveillance des parcs anglais.	**Baby-sitting**
Pont mobile.	**Bac**
Certificat d'études.	
Le chemin de fer pour Monte-Carlo.	**Baccara**
Travaux forcés.	**Bachotage**
Exécuter sommairement.	**Bâcler**
Vieille du quartier.	**Baderne**
Peinture murale.	**Badigeon**
Tournée générale.	**Bagarre**
Esprit frappeur.	**Bagarreur**
Spécialité de tapette.	**Bagou**
Verbe actif.	
Le présent du futur.	**Bague**
Au doigt… mais rarement à l'œil.	
Voiture de courses.	**Bahut**
Boîte ou tire.	
Un beau brun sur un cheval.	**Bai**
Eau de mer.	**Baille**
Ouverture au rasoir.	**Bâillement**
Peut se faire en se rasant.	**Bâiller**
Bise humide.	**Baiser**
Du bouche à bouche.	
Impôt local.	**Bakchich**
Producteur de tapisserie.	**Bal**
Une satanée monture.	**Balai**
Peut être aveuglé par la jalousie.	**Balcon**
Présentoir individuel.	**Balconnet**
Ciel ouvert.	**Baldaquin**

Baleine	Tige de pépin.
Ballast	Grève des chemins de fer.
Balle	Sa peau ne vaut rien.
	Pruneau d'agent.
	Franc populaire.
Ballerines	Sont à leurs pieds.
Ballet	A un corps très souple.
Ballets	Figures de rats.
Bamboula	Java d'origine africaine.
Ban	Morceau de tambour.
	Bruit de claque.
Banal	Courant partout.
Banc	Société sardinière.
Banco	Attaque de banque.
Bandage	Garde du corps.
Bandit	Mauvais sujet pour le cinéma.
Bang	Sur-boum !
Bannière	Tenue de sans-culotte.
	Queue de limace.
	Pan sur les fesses.
Bannissement	Expédition à l'étranger.
Banque	Boîte d'argent.
Banqueroutier	Mangeur de grenouille.
Banquier	Renard argenté.
Bans	Préparatifs de mariage.
	Petites annonces couplées.
Baobab	Obèse africain.
Baptisée	Étendue d'eau douce.
Baptistère	On y prend de sacrées douches.
Bar	On y trouve à boire et à manger.

Pot du Maroc.	**Baraka**
Cassée par le tabac.	**Baraque**
Cour populaire.	**Baratin**
Cinéma pour l'oreille.	
Meurtrière mais en état de légitime défense.	**Barbacane**
Les Huns et les autres.	**Barbares**
Bouc ou cheval.	**Barbe**
Impériale sous le Second Empire.	**Barbiche**
Nager ou voler.	**Barboter**
Empotée en croûte.	**Barbouilleuse**
Bazar ambulant.	**Barda**
Lard culinaire.	**Barde**
Unité de pétroliers.	**Baril**
Toujours sous pression.	**Baromètre**
Nom de guerre.	**Baroud**
Du foin dans les oreilles.	**Barouf**
Garde du corps.	**Barre d'appui**
Accident de parcours.	**Barrière**
Vêtement à épargner.	**Bas**
Demi-queue.	**Basque**
Points de suspension.	**Basques**
L'école des cocottes.	**Basse-cour**
Parisien de l'Île-de-France.	**Bassin**
Sol mineur.	**Bassin houiller**
Crachoir.	**Bassinet**
Suffit aux Italiens mais pas aux Corses.	**Basta**
Site protégé.	**Bastide**
Garde du corps.	**Bastingage**

Bastos	Balles populaires.
Bateau	Ivre de poésie.
Bateau-mouche	Car naval.
Batée	Plat à placer.
Bâtir	Travailler à la maison.
Bâton	Millionnaire.
	Brouillon de lettre.
	Caractère initial.
Batteur	Tape souvent dans la caisse.
Battoir	Main forte.
Battue	Recherche cynégétique.
Baudelairien	Il étudie les fleurs mais non sans mal.
	Amateur de fleurs rares.
	Ses fleurs préférées sont des immortelles.
Bauge	Bain de boue.
Baume	Remède pour le cœur.
Bavardions	Conversions.
Bavette	Se taille avec la langue.
Bazar	Sur un marché persan.
B.D.	Art nouveau.
Be-bop	Style au Parker.
Bécane	Petite reine démocratique.
Bedaine	Buffet galbé.
Bègue	Peut faire pipi avec une grecque.
Bégueule	Allergique au cochon.
Bel	À base de son.
Bélier	Un mouton entier.
Belle	Sortie de prison.

Nom de guerre.	**Belligérance**
Bien mal dit.	**Ben**
Coup de grâce.	**Bénédiction**
Rapports commerciaux.	**Bénéfices**
A davantage d'avantages.	**Bénéficiaire**
Faire signe.	**Bénir**
Attire les grenouilles.	**Bénitier**
Fait la tournée des boîtes.	**Benne**
Maison de famille.	**Bercail**
Voisine de lit.	**Berge**
Garde champêtre.	**Berger**
Carrée de mouton.	**Bergerie**
Chapeau chinois.	**Bernique**
Tintin.	
Militaire et homme de plumes.	**Bersaglier**
Les verres du nez.	**Bésicles**
Livre d'or.	**Best-seller**
Tube de papier.	
Le livre des records.	
Le Prince travesti.	**Bête**
Tissu d'âneries.	**Bêtisier**
Armé pour résister.	**Béton**
Air vache.	**Beuglement**
Croisé moderne.	**Beur**
Noir à l'œil ou à la raie.	**Beurre**
Foire aux vins.	**Beuverie**
Ma moitié.	**Bi**
Porte-plumes de chef.	**Bibi**
Petit four.	**Bide**
Four froid.	

Bief	Régularise un apport en liquide.
Bienfait	Ne se perd jamais.
Bienfaitrice	Dame de cœur.
Bière	Boîte de conserve avariée.
	Dernier domicile connu.
	Garde du corps.
Big	Grand d'Angleterre.
Bigame	Femme de ménages.
	Homme à femmes.
Bigamie	Association de deux moitiés.
Big-bang	Un commencement à tout.
Bignole	Portière.
Bigot	Pilier d'église.
Bigote	Punaise ou grenouille.
Bigoterie	Mauvaise foi.
Bilan	Déposé en catastrophe.
Billard	Table de jeu.
Billet doux	Tendre poulet.
Binette	Casse-croûte de jardinier.
Biniou	A l'air breton.
Birbe	Vieux rasoir.
Bise	Ne se fait pourtant pas quand on est en froid.
	Baiser vite fait.
Biseauté	Taillé dans la glace.
Bison	Guide futé.
Bissexte	Une petite rallonge à la fin du mois.
Bissextes	Jours qui rallongent.
Bistouri	Coupe des tissus.

Station de pompage.	**Bistro**
L'amer à boire.	**Bitter**
Un bleu qui a de la classe.	**Bizuth**
Se fait mousser.	**Blaireau**
De l'argent fauché.	**Blé**
Campagne d'Afrique du Nord.	**Bled**
Jeune premier de la troupe.	**Bleu**
Marque le coup.	
Marque de pain.	
Souvent caviardés.	**Blinis**
Pâté américain.	**Bloc**
Maisons ou cabane.	
Brune cachottière.	**Blonde**
Bleu d'outre-mer.	**Blue**
Ne fait que passer.	**Blutoir**
Mal de mère.	**Bobo**
Maux d'enfants.	**Bobos**
Verre de conserve.	**Bocal**
Petite bière.	**Bock**
Précède la mode en cuisine.	**Bœuf**
A un œil de verre.	
A fait son beurre quand on en manquait.	**B.O.F.**
Place de goal.	**Bois**
Passage protégé.	
Abat-jour.	**Boisseau**
Étouffoir.	
Asile de nuit.	**Boîte**
Mesure pour l'air.	**Bol**
Redoutable raseur.	**Bombardier**

Bon	Pouvoir d'achat.
Bondieuserie	Article de mauvaise foi.
Boni	Améliore une recette.
Bonifier	Modifier par amendement.
Bonnet	Gros dans les huiles.
Bonneteau	Jeu de cartes.
Bonnette	Fort avancé.
Bonus	Prix de bonne conduite.
Book	Livre de Rosbif.
Boom	Une bonne flambée.
Boomerang	Revient souvent en Australie.
Borborygme	Écho de querelles intestines.
Bordure	Rond de chapeau.
Bornes	Des kilomètres de routes.
Boss	Patron américain.
Bosseler	Mettre en relief.
Bosserons	Bûcherons.
Bossu	L'homme qui rit.
Bottier	Emballeur de nougats.
Boubou	Tunique noire.
Bouc	Émissaire malheureux.
Bouche	Si elle est cousue, c'est avec un fil d'or.
Bouche-à-bouche	Pompe à air.
Bouchée à la reine	Idéale pour le palais royal.
Boudin	Noir de sang.
Boue	Arrêtée par un garde.
Bouée	Roue de secours.
Bouge	Café avec de la lie.
Bougie	Fait la pige.

Un an de fête.	
Très populaire.	**Bougrement**
Mauvais café.	**Bouiboui**
Homme d'esprit.	**Bouilleur de cru**
A pris la place d'un moine.	**Bouillotte**
Complètement ronde.	**Boule**
Pâté de campagne.	**Bourgade**
Salade du chef.	**Bourguignotte**
Œuvre de chair.	**Bourrelet**
Monté par des craques.	**Bourrichon**
Vachement emmerdante à la campagne.	**Bouse**
Conseillère de direction.	**Boussole**
Boîte à aiguille.	
Fin ou en morceau.	**Bout**
Sujet de discussion.	**Bout de gras**
Chasse.	**Boute**
Joyeux compagnon de voyage.	**Boute-en-train**
Fumiste agréé.	
Labeur des coups.	**Boxe**
Commerce de marrons.	
Plus léger que l'oignon.	**Bracelet-montre**
Très collet monté.	**Braconnage**
Fait s'envoler les rossignols.	**Braderie**
Remue-méninges.	**Brainstorming**
Faire l'âne pour avoir du son.	**Braire**
Filtres à eau.	**Branchies**
Membre actif.	**Bras**
Tout feu tout flammes.	**Brasier**
Papillon d'eau	**Brasse**

Brasserie	Café avec de la bière.
Bravache	Dur de cinéma.
Bravade	Coup de crâne.
Bravement	Manière forte.
Brèche	Passe-muraille.
	Trou dans le front.
Bredouillement	Verbe mal accordé.
Bref	Petite bulle.
Brelan	Réunion tripartite.
Brème	Poisson à la carte.
Bretelles	Points de suspension.
Breton	L'homme de l'Ouest.
Bretonne	Femme de Léon.
Breuvage	Café-philtre.
Bridge	A probablement une dent contre lui.
Brillantine	Huile de merlan.
Brimades	Sévices militaires.
Brin	Court dans la cour.
Brins	De fils ou de filles.
Brio	Entrain des artistes.
	Au concert, il y a souvent un con qui se met devant.
Briques	Pour bâtir une fortune.
Bristol	Carte d'Angleterre.
	Carte du monde.
Brocanteur	Chine des rossignols.
Brodequins	Vieux casse-pieds.
Broder	Marquer des points.
Broussailles	Bien implantées dans le maquis.

Campagne d'Afrique.	**Brousse**
Déjeuner sur l'herbe.	**Brouter**
Le bruit des grelots.	**Brrr**
Moitié de fiston.	**Bru**
Barboteuse d'enfant.	
Zizi en l'air.	**Bruant**
Zizi ou Aristide.	
Est resté au soleil ou est passé à l'ombre.	**Bruni**
Sec et liquide.	**Brut**
Fait un effet bœuf.	**Bucrane**
Les recettes à l'oseille lui ouvrent l'appétit.	**Budgétivore**
Vapeur à l'arrêt.	**Buée**
Tour de ville.	**Building**
Pour l'école libre.	**Buissonnière**
Oignon à la russe.	**Bulbe**
Voix enregistrée.	**Bulletin** (de vote)
Pavillon bas.	**Bungalow**
Pièce de Courteline.	**Bureau**
Échoppe d'artiste.	**Burin**
Marque de coup de pied.	**But**
Passage dans les bois.	
Bois surveillés.	
Ramassé dans un sac.	**Butin**
Bien pris.	

C

Caban	Capote française.
Cabanon	Cellule de crise.
	On y mène une vie tranquille ou très agitée.
	La maison du fada ?
Cabaret	Boîte à musique.
Cabaretière	Cafetière ancienne.
Cabèche	Tête à couper.
Cabot	Peut charger ou mordre.
Caboulot	Bouchon hors d'usage.
Cabri	Petit sauteur.
Cache	Double en partie.
Cacologie	Défaut de construction.
Cacophonie	Concentration de canards.
Cadran	Rondelle d'oignon.
Caennaise	Créatrice de mode.
Café	Petit noir.
	A un garçon qui le sert.
Cage	Dispositif anti-vol.
Cageot	Panier à salades.
Cagnotte	Caisse d'épargne.
Cagoule	Froc troué.
Cahier	Rouge ou noir en littérature.
Caillot	Embarras de la circulation.
	Un peu de sang froid.
Caisse	Tiroir pour la braise.
Caissière	Récolte du blé.
Cal	Formation professionnelle.

A une plume et de l'encre.	**Calamar**
Ni style ni stylo.	**Calame**
Gros maux.	**Calamités**
Place du fond.	**Cale**
Retenu ou a beaucoup retenu.	**Calé**
Place des fêtes.	**Calendrier**
Les jours comme ils viennent.	
Réunion patronale.	
Est de la pédale.	**Cale-pied**
Feu du milieu.	**Calibre**
Bande de manifestants.	**Calicot**
Une fille branchée.	**Call-girl**
Liaison téléphonique.	
Plat pour les marins.	**Calme**
Chauffeur de grande maison.	**Calorifère**
Source chaude.	
Pour fumer en paix.	**Calumet**
Nom d'une pipe !	
Tête nue.	**Calvitie**
Compagnon de cellule.	**Camarade**
Espère en taux.	**Cambiste**
Campagne de dénigrement.	**Cambrousse**
Blanche dans le milieu.	**Came**
A un beau profil si elle n'est pas défoncée.	**Camée**
Fleur de Marguerite.	**Camélia**
Bonne dans le gratin.	**Cameriste**
Roule des mécaniques.	**Camionneur**
Garde-fou.	**Camisole**
Jeu d'artifice.	**Camouflage**

Campagnard	Style de buffet.
Campagne	Battue sans raison.
Camping	Surface habitable.
Campus	École buissonnière.
Can	Doublé en french.
Canal	Bras artificiel.
	Lit supplémentaire.
Canard	Mauvaise note.
Canari	Chanteur jaune.
Cancan	Danse au pied levé.
Cancans	Informations contre X.
	Boniments de colporteurs.
Cancoillotte	Coule en Franche-Comté.
Cancre	Élève au plus bas niveau.
Candidate	Femme briguant.
Cane	Crève ou se dégonfle.
Canevas	Exécution sommaire.
Canif	L'arme de l'infidèle.
Canines	Crocs à viandes.
Canisse	Vedette provençale du petit écran.
Cannabis	Fait du pétard.
	Chanvre à part.
Canoë	Sport de lit.
Canon	Service rapide.
	Beau type.
	Descendu en ballon.
	Se chante ou se siffle.
	A une bouche ou plusieurs voix.
Canonnier	Homme à l'affût.

Meurtrière ou colonisatrice.	**Canonnière**
Pot de tripes.	**Canope**
Fait apprécier le grand air.	**Cantatrice**
Suisse ou chinoise.	**Canton**
Bosse sur la route.	**Cantonnier**
Lyonnais de métier.	**Canut**
Gorge profonde.	**Canyon**
Robe de cheval.	**Caparaçon**
Blanc d'Afrique du Nord.	**Cap**
Fréhel ou Ferrat.	
Nord de la Norvège.	
Nègre ou Breton.	
Robe de poupée.	**Cape**
Merlan au gratin.	**Capilliculteur**
Première dans Rome.	**Capitale**
Tas de briques.	**Capitaux**
Fonds de commerce.	
L'adieu aux armes.	**Capitulation**
Complément de retraite.	
Cage à tigre.	**Capot**
Va fournir des explications.	**Car**
Marque un but.	
Soigne ses études avant tout.	**Carabin**
Choc opératoire sur le billard.	**Carambolage**
Résidence secondaire.	**Caravane**
S.d.f.	**Caravanier**
Homme-traîneur.	
Cour de Babel.	**Caravansérail**
Douce au toucher.	**Caresse**
Poudre de riz.	**Cari**

Carillonneur	Invite à la fête mais pas à se taper la cloche.
Carmagnole	Danse et chant avec canons.
Carme	Espèce de va-nu-pieds.
Carnation	Fond de teint.
Carne	Plat de résistance.
Carottage	Prise de terre.
Carpe	Vedette du muet.
Carpes	Sont dans la main ou dans le bassin.
Carquois	De l'amour en réserve.
Carré	Pièce de marine.
Carrefour	Chemin de croix.
Carrosserie	Caisse en tôle.
Cartes	Pour jouer ou pour manger.
Cartouche	Bande dessinée.
Casanier	Pot-au-feu maison.
	A le même goût que le pot-au-feu.
Case	Carrée noire ou carré blanc.
Caser	Loger chez Tom ?
Casier (judiciaire)	Doit conserver sa virginité.
Casino	Station de chemin de fer.
Casoar	Un de Saint-Cyr.
Casse-cou	Assuré tous risques.
Casse-pattes	Forte goutte.
Casse-tête	Distrait ou assomme.
Casseur	Dur à jouer.
Casus belli	Juste avant la guerre.
Catacombes	Voie d'os.
	Protège tibias.

Appareil de projection.	**Catapulte**
Chute spectaculaire.	**Cataracte**
Combat rapproché.	**Catch**
Siège de château fort.	**Cathèdre**
Toujours à la traîne.	**Caudataire**
Produit d'entretien.	**Causette**
Elle peut avoir envie de s'asseoir dessus.	**Causeuse**
Sauce piquante.	**Causticité**
Spécialité du patelin.	**Cautèle**
Ne sert à rien si on le met au pilon.	**Cautère**
Colonne de chars.	**Cavalcade**
Course-poursuite.	**Cavale**
Suite de la belle.	
Joueur de dames.	**Cavaleur**
Pas affranchi.	**Cave**
Demeure familiale.	**Caveau**
Trou dans la caisse.	**Caverne**
Ici pour son maître.	**Céans**
Permanence de nuit.	**Cécité**
Écran total.	
Obscurantisme.	
Indispensable aux Français, pas à la France.	**Cédille**
Sa bête noire, c'est le singe !	**Cégétiste**
Travailleur à temps partiel.	
Pare-chocs de voiture.	**Ceinture**
Doit avoir du cran pour tenir.	
Tintin.	

Céleri	Ache-légume.
Célérifère	Clou en bois.
	Premier cycle.
Célérité	A remplacé la diligence.
Célibat	État libre.
Célibataire	A choisi la liberté.
Cellier	Gardien de châteaux.
Cellule	Chambre forte.
	Pièce policière.
Cénacle	Cercle brillant.
	Salon particulier.
Cendre	Reste au foyer.
Cens	Le prix d'un siège ancien.
Censeur	Coupe-papier.
Censitaire	Contribuable en règle.
Censure	Coupure de presse.
Centaure	Cavalier exceptionnel.
Centavo	Petit morceau de sucre.
Centième	Pas commune quand elle est d'une seule pièce.
Centimes	De la mitraille mais pas des balles.
Centrale	École ou prison.
Centre	Cœur ou cerveau.
	Appartient à tous les milieux.
Centriste	Se rencontre dans les milieux politiques.
Centuple	Rendu pour un prêté.
Cep	Pied au cru.
	Pied tordu.
	Bois du vin.

Garde du corps.	**Cercueil**
Bière épaisse.	
Varie selon l'étiquette.	**Cérémonial**
Appareil avec pompe.	**Cérémonie**
Attaché pour le décollage.	**Cerf-volant**
Fait un tour à l'œil.	**Cerne**
Garantie de l'emploi.	**Certificat**
Peau d'ânon.	**Certificat d'études**
Abus de confiance.	**Certitude**
Moyen de transport.	**Cession**
Placée entre les pieds.	**Césure**
Peau d'âne.	**Chagrin**
Haut lieu de la foi.	**Chaire**
Ont de la bouteille.	**Chais**
Longue pour la convalescence.	**Chaise**
Souvent suisses sans nécessité.	**Chalets**
Homme de chambre.	**Chambellan**
Baraque en plein désert.	**Chameau**
Bâtard de George Sand.	**Champi**
Chercheurs d'or.	**Champions** (olympiques)
La plus fière des dettes.	**Chandelle**
Air conditionné.	**Chant**
Se lancer dans l'air.	**Chanter**
Point d'appui.	**Chanterelle**
As de chœur.	**Chantre**
Contre-ordre.	**Chaos**
Vêtement ou revêtement.	**Chape**
Protecteur haut placé.	**Chapeau**
Témoin de moralité.	**Chaperon**

	Le plus fameux, c'est le petit rouge.
Charabia	Mauvaise langue.
Charbonnier	Maître de maison.
	Profession de foi.
Charisme	État de grâce.
Charité	Opération à cœur ouvert.
	Effet de manche.
Charlatanisme	Farces et attrapes.
Charmer	Tomber en douceur.
Charmes	Moyens d'existence.
Charogne	Pleine de vers… baudelairiens.
Charrette	Association de licenciés.
Chasse	Son tableau est du genre nature morte.
Château-la-pompe	Eau de table.
Châtiment	Peine non partagée.
	Prix des réparations.
Chaumière	Pauvre maisonnette.
Chausson	Couvre-pied.
Chaussure	Pompe pour l'ordinaire.
Chef	Toqué de piano.
	Changement de cap.
Chemiserie	Boîte à limaces.
Chenets	Garniture de cheminée.
	Leur place est au foyer.
Chenil	Loge de cabot.
Chèque	Se barrait par prudence.
	Papier d'argent.
Chercher	Faire la quête.

Grain de sable.	**Chergui**
Les enfants du paradis.	**Chérubins**
Fromage au Rosbif.	**Chester**
Rue à Saumur.	**Cheval**
Les armes à la main.	**Chevalière**
Couvre-chef.	**Cheveux**
Déborder d'émotion.	**Chialer**
Un chien fou.	**Chic**
Chien ou chouette.	
Boxer ou pointer ?	**Chien**
Fripons.	**Chiffonnons**
Châtelaine espagnole.	**Chimère**
Petit chameau.	**Chipie**
Marchande si elle n'est pas acheteuse.	**Chipoteuse**
Elle nous prend par la main pour aller vers l'avenir.	**Chiromancienne**
Le champ des opérations.	**Chirurgie**
Professionnel du billard.	**Chirurgien**
Améliore la forme physique.	**Chirurgien esthétique**
Apprécié à la barre.	**Chocolat**
Cause d'embarras.	**Choix**
Type sans gain.	**Chômeur**
Femme débauchée.	**Chômeuse**
Poissons.	**Chopons**
Pas réglés.	**Chorégraphie**
Timbres en série.	**Choristes**
Légume bête.	**Chou**
Sujet de prédilection.	**Chouchou**
Un peu arabe.	**Chouïa**

Chow-chow	One toutou chinois.
Chromo	Vive impression.
Chronométreur	Un homme qui compte dans les milieux sportifs.
Chrysanthème	Dans un pot sur le feu.
Chuintement	Avec lui, Dieu reconnaîtra les chiens.
	S'accommode mieux des chats que des souris.
Chute	Saut d'eau.
Cibiste	Homme de radio.
Cicatrice	Surface de réparation.
Cicatrisation	Ferme doucement les lèvres.
	Œuvre de chair.
Ciel	Toit du monde.
	Nue chez le poète.
Ciel de lit	Couverture supplémentaire.
Cierge	Hommage enflammé.
Cilice	Limace à poils.
Cils	On s'en bat l'œil.
Cime	Haut lieu.
Cimetière	Terre de feu.
Cimier	Décoration pour un chef militaire.
	Sur la tête ou près de la queue.
Ciné	Art populaire.
Cinéma	A toujours eu des pellicules.
	Champ de navets.
Cintre	Haut de scène.
	Chargé d'affaires.
Circonflexe	L'accent des Bouches-du-Rhône.

Indispensable au théâtre mais pas au music-hall.	**Circonflexe** **(accent)**
Tour de pot.	**Circonlocution**
Mouvement oratoire.	
Découpage de papier.	**Circonscription**
Tours de têtes.	**Circonvolutions**
Tour en mer.	**Circumnavigation**
Tour de grand bâtiment.	
Pâte à gâteau.	**Cire**
Pâte à gaufres.	
Forces de travailleurs manuels.	**Cisailles**
Lames sœurs.	**Ciseaux**
Orfèvre en la matière.	**Ciseleur**
Ses traits sont burinés.	
Mise en ordre dans la campagne.	**Citation**
A été une grosse légume dans une entreprise de carrosserie.	**Citrouille**
Potin qui fait du bruit ou bruit qui fait du potin.	**Clabauderie**
Trou dans le bois.	**Clairière**
Réveille tout le quartier.	**Clairon**
Bonne vue intérieure.	**Clairvoyance**
Vénus d'Amérique.	**Clams**
Ensemble écossais.	**Clan**
Agitation qui va jusqu'à la grève.	**Clapotis**
Chapeau ou calotte.	**Claque**
Sonne vachement.	**Clarine**
N'est obscure que chez Corneille.	**Clarté**
Meuble à chemises.	**Classeur**
Ordre de divisions.	**Classification**

Claustrophobe	Mieux vaut ne pas le mettre en boîte.
Clé	Passe pour la femme de chambre.
	Fait un petit tour et puis s'en va.
	Solution finale.
Clean	Le propre des Anglais.
Clenche	Partie de bras de fer.
Clergyman	Ministre britannique.
Client	Patient dans les cabinets.
	Stoppé en pleine course.
Clientèle	Pratiques courantes.
Clignotants	Indicateurs de danger.
Climat	Question de temps.
Clin d'œil	Signe particulier.
	Appel clandestin.
Clocher	Perchoir de coq.
Clochettes	Lakmé en a vraiment l'air.
Cloître	A une vie intérieure.
	Fait la cour à des religieuses.
Clonage	Reproduction interdite.
Clope	Reste masculin de son féminin.
Clôture	Enceinte du propriétaire.
Clou	Particulièrement exposé.
	Peut chasser son semblable.
Club	Canne à lancer.
	Réunion sportive.
Cluse	Gorge coupée.
Coagulation	Prise de sang.
Coagule	Caille.
Cobalt	Peut faire des bleus.

Fan de la neige.	**Cocaïnomane**
Roi de graisse.	**Cochon**
Faire mal.	**Cochonner**
Bille de bois.	**Cochonnet**
Prisée mais pas estimée.	**Coco**
Ouvrage de vers.	**Cocon**
Chant gaulois.	**Cocorico**
Franchement franchouillard.	
En duo au violon.	**Codétenus**
Toujours sous pression.	**Coercition**
Caisse des dépôts et consignation.	**Coffre-fort**
Union réussie.	**Cohésion**
Décoration de chef breton.	**Coiffe**
Bosse sur la tête.	
Figaro Madame.	**Coiffeuse**
A sa place au salon ou dans la chambre.	
Travail de tête.	**Coiffure**
Se bouche de façon surprenante.	**Coin**
Se bouche en soufflant.	
Instrument à percussion.	
Attraper au vol.	**Coincer**
Un bruit lancé par tous les canards.	**Coin-coin**
Port dans les Pyrénées.	**Col**
Bleu sur la mer, vert sur l'étang.	
Productrice de raisins noirs.	**Colère**
Nom de lieu.	**Colin**
Jeu de mains.	**Colin-maillard**
On y vit assez librement.	**Colle**

Coller	Foutre.
Collet	Noir avec une perruque blonde.
Colleteur	Spécialiste des lacs.
Colombe	Ararat avis.
Combattant	Homme de la campagne.
Combien	Question de prix.
Combustion	Coup de feu.
Comité	Cellule partagée.
Commanditaire	Pompe à finances.
Commerçant	Les courses lui rapportent de l'argent.
Commère	Réagit au moindre bruit.
Commissionnaire	Grand chasseur.
Communication	Transmission de pensée.
Compagnons	Vieux routiers du Tour de France.
Comparaison	Contrôle d'identité.
Compétition	Coupe réglée.
Comprenons	Pigeons.
Compte rendu	Déclaration de revenus.
	Situation en rapport.
Concert	Exécution publique.
Conciliation	Accord final.
Concours de pêche	La guerre des gaules.
Concussionnaire	Homme d'affaires.
Condamnation	Prononcée avec peine.
Condescendance	Baisse de niveau.
	Hauteur de vue.
Condoléances	Mot de chagrin.
Cône	Pain de sucre.
Confesseur	Fait passer des auditions.

Opération à cœur ouvert.	**Confession**
Cabane de pécheurs.	**Confessionnal**
Forme de crédit.	**Confiance**
Amorce pour le pécheur.	**Confiteor**
Fait passer au rouge.	**Confusion**
Nanamite.	**Congaï**
Blanc en neige.	**Congère**
Réunion ministérielle.	**Congrégation**
Grand séminaire.	**Congrès**
Forme d'intelligence.	**Connivence**
Fille soumise.	**Conquête**
Travail de nuit.	**Conseil**
Cadeau pas cher.	
Mauvais payeur.	**Conseilleur**
Distinguée dans les assurances.	**Considération**
Réunion ministérielle.	**Consistoire**
Réduction de peine.	**Consolation**
Boisson au café.	**Consommation**
Travailleur clandestin.	**Conspirateur**
Met au courant.	**Contact**
Rencontre explosive entre conducteurs.	
Mal repassé.	**Contagion**
Transfert d'affection.	**Contamination**
Satisfait ou satisfaite.	**Contente**
Un tordu du music-hall.	**Contorsionniste**
Résultat obtenu par l'opposition.	**Contraste**
Très proche ou très éloigné.	**Contre**
Travaille au noir dans l'import-export.	**Contrebandier**

Contrechamp	Vue de l'autre côté.
	Plan de l'opposition.
Contrefacteur	Imitateur de Saint-Exupéry.
Contreplaqué	Sous-bois.
Contre-ut	Élevé en plein air.
Contribuable	L'homme pressé.
Contrôleur	Inspecteur ou mouchard.
Convalescence	Entre le mal et le bien.
Convention	Parti au travail.
Cool	Ajouté parfois au baba.
Copier	Pomper à la source.
Copine	Logeuse de cinéma.
Coq	Tombe au village.
	Chanteur maudit.
	Bêtement franchouillard.
	Marin à la cuisine.
Coquetterie	Jeu de dames.
Cor	Dur d'orteil.
Corbeau	Donneur de leçons.
	Homme de lettres de mauvaise réputation.
Corbillard	N'est suivi que si on y met le feu.
Corde	Collier de mariage.
Cordée	Réunion de gens très liés.
Corderie	Crée des liens.
Cordon-bleu	Décoration de cuisine.
Corinthien	Ordre des architectes.
Cornac	Conducteur de poids lourd.
Corne	Source de ressources.
Corolle	Couronne de fleurs.

Réunion professionnelle.	**Corporation**
Hors-ligne.	**Corpulence**
Chambre de passage.	**Correctionnelle**
Femme de lettres.	**Correspondante**
Avoir des relations.	**Correspondre**
Acheteuse indélicate.	**Corruptrice**
Compresseur.	**Corset**
Garde-côtes.	
Voie romaine.	**Corso**
Service obligatoire.	**Corvée**
Travaux forcés.	**Corvées**
Voyageur haut placé.	**Cosmonaute**
Tableau de valeur.	**Cote**
Barreaux de cage.	**Côtes**
Pompe théâtrale.	**Cothurne**
A toujours vue sur l'amer.	**Côtier**
Sous-chef qui tient tête.	**Cou**
Canard sauvage.	**Couac**
Vilain petit canard.	
Oiseau suisse.	**Coucou**
Cage à oiseau.	
Se lève pour siffler.	**Coude**
Aller d'un point à l'autre.	**Coudre**
Est de mèche.	**Couette**
Moïse au cinéma.	**Couffin**
Se déplace sur un pied.	**Coulisse**
Toujours battue.	**Coulpe**
On brûle de le prendre.	**Coup de soleil**
Se fait à la tête du client.	**Coupe de cheveux**
Détachant.	**Couperet**

Cour	Son brin n'est pas plus long que le doigt.
	Peut se faire avec des poulets bien tendres.
	Plat agréable à faire.
	A un côté théâtral.
	Siège de l'amour.
Courrier	Jeu de lettres.
Courses	Rapports de commissions.
Courtine	Masque de page.
Coussin	Atténue les effets du siège.
Coût	Prix de calcul.
Coutellerie	Fonds de lames.
Couturière	La dame des toilettes.
	Fidèle à ses patrons.
Couvée	Œufs pas frais.
Couvert	Dessus de table.
Couverture	Sous la jaquette.
Cover-girl	Modèle de couverture.
Crabe	Marcheur à pinces.
Crachat	Reçu dans l'honneur ou le déshonneur.
Crachin	Eau en poudre.
Crack	Fortiche ou stupéfiant.
Craie	Son bâton fait peur aux ânes.
	Matière à enseigner.
Crainte	Petits jetons.
Cramé	Victime d'un coup de feu.
Cran	Bon estomac.
	Sur la tête ou à la ceinture.

Boîte à idées.	**Crâne**
Poseur de mines.	**Crâneur**
Contraction de la langue.	**Crase**
Coup bas.	**Crasse**
Éminence noire.	**Crassier**
Cheminée de chauffage central.	**Cratère**
Étrangleuse de limaces.	**Cravate**
Payé de retour.	**Créancier**
Acte de naissance.	**Création**
Première mondiale.	**Création du monde**
Du boulot à la petite semaine.	
Étable garnie.	**Crèche**
Console des ministres.	**Crédence**
Avoir ou pouvoir.	**Crédit**
Service à la carte.	
Faire entrer en ligne de compte.	**Créditer**
Roulements de caisse.	**Crédits**
Fonds mouvants.	
Celui du paysan est un vieux tube.	**Credo**
Poire presque mûre.	**Crédule**
Abus de confiance.	**Crédulité**
Feu et flammes.	**Crémation**
Il n'y a pas de fumée sans feu.	**Crématoire**
Est dans les choux.	**Crème**
Espagnolette à l'italienne.	**Crémone**
Retient à la source.	**Crénothérapie**
Une arête dans la gorge.	**Crêt**
Production télévisuelle.	**Crétinisation**
Centre de formation.	**Creuset**

Crevaison	Incident de parcours.
Cri	Fort accent.
	Dernière expression à la mode.
	Perce-oreille.
Cric	Souleveur de masses.
Crie	Prend un accent aigu.
Crime	Mal fait.
	Forfait à payer.
Crinoline	Panier garni.
	Cache-pot.
Crise	Conduit à la cellule ou au cabanon.
	Retour d'affection.
	Guerre des nerfs.
Critique	Juge très médiatisé.
Croa	Lâché par le corbeau.
Crocodile	Bête à pleurer.
Crocodiliens	Ont plus d'un sac dans leurs tours.
Croix	Signe pour signer.
Cromlech	Enceinte depuis très longtemps.
Croquignolette	Drôlement mignonne.
Crottin	Selles de chevaux.
Croupier	Meneur de jeu.
Croûte	Navet à l'huile.
	Huile de mauvaise qualité.
Croûton	Morceau de flûte.
	Bout de ficelle.
Croyance	Crédit ouvert.
Cru	Nature.
	Sort indemne des embouteillages.

Dépendance du château.	
Souvent châtelain.	
Pas cuit mais très salé.	
Accroché aux grilles.	**Cruciverbiste**
Montée dans un lit.	**Crue**
Belle indifférente.	**Cruelle**
Chiffre… à un gramme près.	**Crypto**
A des dessous rouges.	**Cryptocommuniste**
Circule en code.	**Cryptogramme**
A une écriture difficile à déchiffrer.	
Exige une bonne connaissance du code.	
Récolte de nèfles.	**Cueillette**
Perche à saisir.	**Cueilloir**
Peau d'âne.	**Cuir**
Protection rapprochée.	**Cuirasse**
Cocotte avec auto.	**Cuiseur**
Garçon de recettes.	**Cuisinier**
Petit piano.	**Cuisinière**
À la fois au château et dans les bas-fonds.	**Cul-de-basse-fosse**
La pièce du fond.	
Front populaire.	**Culot**
Gros estomac.	
Portée avec autorité.	**Culotte**
Montre son estomac mais pas ses fesses.	**Culotté**
A besoin de fonds pour travailler.	**Culottier**
Sentiment complexe.	**Culpabilité**

Cuniculiculture	Pourrait s'étudier au quartier lapin.
	Très sensible au coût du lapin.
Cure	Prise d'eau.
Curiste	Buveur d'eau.
	Vichyssois par opportunisme.
Curriculum vitae	Œuvre autobiographique.
	Les choses de la vie.
Cursive	Anglaise à la page.
Curule	Siège de Rome.
Cutter	Force de frappe.
CV	Cheval mécanique.
	Cheval plein d'énergie.

D

Da	Feu vert en Russie.
Dactylologie	Ne s'entendait pas parler.
Dactyloscopie	Empreinteuse.
Dahir	Arrêté à Rabat.
Dais	Ciel bas.
Dalle	Creuse si on l'a.
	Rincée quand elle est en pente.
Daltonien	Ne confond quand même pas les cocos et les écolos.
Damier	Tablier à carreaux.
Damné	Feu d'enfer.
Damner	Envoyer au diable.
Damoiseau	Un jeune homme d'un certain âge.

Se mesure à la ceinture.	**Dan**
Boîte à musique.	**Dancing**
Chic type.	**Dandy**
La légende de la tête de mort.	**Danger**
Entraîneur sur piste.	**Danseur** (mondain)
Bassin méditerranéen.	**Darse**
Villa d'Est.	**Datcha**
Fait partie d'un régime alimentaire.	**Datte**
Chine.	**Daube**
Charnière de rallonge.	**De**
Pousse à la reprise des affaires.	**Dé**
Pousse au bout du doigt.	
Machin à coudre.	
Vend de la blanche au noir.	**Dealer**
Longue marche.	**Déambulation**
Vient au monde en dansant.	**Deb**
Jeune danseuse mondaine.	
Mots croisés.	**Débat**
Purée épaisse.	**Débine**
Levée d'écrou.	**Déboulonnage**
Tenue sans retenue.	**Débraillé**
Opération contre le maquis.	**Débroussaillement**
Demi-mondaine.	**Débutante**
Passage à sens unique.	**Décès**
Mauvaise chute.	**Déchéance**
Coup de pompe.	**Déclamation**
Pour l'amour ou pour la guerre.	**Déclaration**
Confession douloureuse.	**Déclaration d'impôts**
Sortie de route.	**Décor**

Décorateur	Fabricant de cadres.
Découdre	Ôter des points.
Décousu	A perdu le fil.
Décrue	Descente de lit.
Dédicace	Mot d'auteur.
Dédicacer	Faire un envoi.
Dédit	Fait payer le cochon au prix fort.
Dédoublement	Duo de soliste.
Défaut	Paille de fer.
	Moindre mal.
Défilé	Gorge serrée.
Défouraille	Dégaine.
Dégel	Tout en fonte.
Dégénéré	L'idiot de la famille.
Dégrèvement	Décharge publique.
Dégrossissage	Exécution sommaire.
Déité	Être supérieur.
Délatrice	Vendeuse à la sauvette.
Délié	Fin dans les lettres.
Délivrance	Sortie des enfants.
Delta	Grecque de Camargue.
Déluge	Tombe des nues.
Démagogie	Basse cour.
Démarreur	Se tire pour partir.
Déménagement	Échange de pièces.
Demi	Verre ou coupe.
Démilitarisation	L'adieu aux armes.
Demi-livre	L'Être ou le Néant
Demi-sel	Insuffisamment affranchi.
Démission	Accident dans une carrière.

Abandon de poste.	
État civil.	**Démocratie**
Raser les murs.	**Démolir**
Entreprise de ravalement.	**Dénigrement**
Entreprise de démolition.	
Compter sur les autres.	**Dénombrer**
Bien balancée.	**Dénoncée**
Pas forcément plus long, quand l'intrigue est bien ficelée.	**Dénouement**
On l'a quand on la saute.	**Dent**
La sagesse incarnée.	
Pic à glace.	
Grande aiguille.	
Gardée avec rancune.	
Oh ! les beaux jours !	**Dentelle**
Fait claquer du bec.	**Dentier**
Produit d'entretien pour l'émail.	**Dentifrice**
Casse-croûte.	**Dents**
Bénéficiaire de l'acte gratuit.	**Deo**
Devoirs de morale.	**Déontologie**
Conscience professionnelle.	
Premier point.	**Départ**
Amoureux de Molière.	**Dépit**
Bouger les pieds.	**Déplanter**
Exercice à la barre.	**Déposition**
Voie des voix.	**Dépouillement**
Capitulation de la résistance.	**Dépression**
Ressort cassé.	
Vedette de la représentation.	**Député**
Nom de guerre.	**Der**

Dérangement	Contre-ordre.
Déraper	Chasser en voiture.
Dératé	Bon coureur.
Dératisation	Risque d'être mal comprise à l'Opéra.
Dérive	Laisser-aller.
Dernier	Premier à l'envers.
Déroger	Manquer de respect.
Déroute	Front fuyant.
	Retraite importante.
Descente	Action en baisse.
Description	Inventaire détaillé.
Déserteur	Infidèle au poste.
Désertion	L'adieu aux armes.
Déshabillé	Robe du soir.
Desiderata	Lettres au Père Noël.
	Liste d'attente.
	Des absences regrettées.
Désintoxication	Rupture avec un régime coco.
Désir	Locomotive ou tramway.
Desperado	Kamikaze espagnol.
Dessein	Ligne de visée.
Dessin	Travail à la mine.
	Plus léger que l'huile.
Dessins animés	Ont eu un chat avant d'avoir une souris.
Dessus-de-lit	Couverture supplémentaire.
Destin	Auteur de biographies.
	Marque de naissance.
	Une vie de roman.

Objectif d'une expédition.	**Destinataire**
Une carrière toute tracée.	**Destinée**
La vie devant soi.	
Poulet chasseur.	**Détective**
Libérer d'un joug.	**Dételer**
Baisse de tension.	**Détente**
Le prix de l'intérêt.	**Détour**
Un risque pour les mineurs et les aviateurs.	**Détournement**
Ardoisière.	**Dette**
Fait vendre des crêpes.	**Deuil**
Personnage providentiel.	**Deus ex machina**
Le Zorro de la chanson.	
Auteur dramatique.	
Force d'intervention.	
Pot cassé.	**Déveine**
Le changement dans la continuité.	**Devenir**
Compris entre les lignes.	**Deviné**
Colle à dessin.	**Devinette**
Travaux d'approche.	**Devis**
Message chiffré.	
Œuvre d'anticipation.	
Parler, mais pas forcément argent.	**Deviser**
Sortie de son trou la tête la première.	**Dévissée**
Mot d'ordre pour la gauche.	**Dia**
Quatre cents coups.	**Diableries**
Mal repéré.	**Diagnostic**
Mal défini.	

Dialogue	Produit d'entretien.
Diamètre	Appartient à un cercle.
Diams	Pierres de rivière.
Diane	Réveille tout le quartier.
Diatribe	Attaque avec des piques.
Dictionnaire	Jeu de mots.
Dièse	Accident en plein air.
	Accident professionnel pour un musicien.
	Hausse le sol.
Dies irae	Chant du départ.
Diète	Ceinture médicale.
Diététique	Rationalisme.
	Fondement du régime.
Digression	Écart de langage.
Diluée	Étendue d'eau.
Dîme	Vol régulier.
	Prise de bénéfices.
Diminutif	Dédé ou Lulu.
Dînette	Souper feint.
Dinosaure	Bêtement disparu.
Dipsomanie	Pousse à la consommation.
Directionnel	A toujours un sens précis.
Dirigeable	Ballon ovale.
Dirimant	Dissolvant pour le ménage.
Dirlo	Conducteur de bahut.
Discothèque	Musée de l'air.
Disette	Quand elle arrive, on la saute.
	Fabrique de ceintures.
Disparité	Cause de déséquilibre.

Supplément de frais.	**Dispos**
État des lieux.	**Disposition**
Ensemble de plages.	**Disque**
Jouer du désaccord d'harmonie.	**Dissoner**
Gardées dans la réserve.	**Distances**
Résultat du tirage.	**Distension**
Faire de l'esprit.	**Distiller**
Affaire d'honneur.	**Distinction**
Vers solidaires.	**Distique**
Jeu de rôles.	**Distribution**
Delirium très mince.	**Divagation**
Piège à bécasses.	**Divan**
Défait des nœuds.	**Divorce**
Remue-ménage.	
Premier sommeil.	**Dodo**
Demi-gros.	**Dodu**
Chien d'Anglais !	**Dog**
Mesure à la main.	**Doigt**
Mieux vaut l'avoir.	**Doit**
Timbale milanaise renversée.	**Dôme**
Personnel mais particulier.	**Domesticité**
Fixe avec adresse.	**Domicile**
Mal fait.	**Dommage**
Morceau de roi.	**Dompteur**
Partant.	**Donc**
Tour de force.	**Donjon**
Fort intérieur.	
Femmes en couches.	**Dormeuses**
Prendre un repas au lit.	**Dormir**
Montagnarde ou sous-marine.	**Dorsale**

Dortoir	Salle des pages.
Dos	Haut lieu d'une charge.
Dossard	Survêtement de sport.
Dossier	Chemise avec des pièces rapportées.
Dot	Prime au mariage.
	Le meilleur de la tarte.
	Produit de beauté.
	Enjoliveuse.
	Propriété du parti.
	Prime de risque.
	Enrichissement personnel.
Douairière	Reste de gratin.
Douanier	Garde-barrière.
Doublure	Acteur de complément.
	Sous le manteau.
Doucement	Piano français.
Doucette	Mâche.
Douche	Ondée passagère.
	Calmant qui se prend avec de l'eau.
	Jus de pomme.
Douves	Tour de château.
	Vers plats.
Drag	Voiture de courses.
Dragage	Opération en cours.
Dragée	Balle populaire.
Drageonner	Repousser du pied.
Dragon	Fabuleusement vertueux.
Dragueur	Chasseur de souris.

Pavillon arboré.	**Drapeau**
Pavillon d'exposition.	
Le rêve américain.	**Dream**
Pot anglais.	**Drink**
Élève des perruches et des perroquets.	**Drisse**
Coup de crosse.	**Drive**
Fana de neige.	**Drogué**
On peut le faire avec un lapin.	**Droguer**
Est direct ou fait un crochet.	**Droit**
Ligne directe.	**Droite**
Chef de batterie.	**Drummer**
Agent double.	**Dualité**
Réunion contradictoire.	
Pièce qui se passait à Venise.	**Ducat**
Vieille garde.	**Duègne**
Chaperon gris.	
Couverture espagnole.	
Donnait des leçons de conduite.	
Échange de coups de fil.	**Duel**
Capote anglaise.	**Duffel-coat**
Lit supplémentaire.	**Duit**
Cours complémentaire.	
Dame de cœur.	**Dulcinée**
Sables mouvants.	**Dunes**
Double jeu.	**Duo**
Toi et moi.	
Elle et lui.	
Collaboration artistique.	
Pigeon ou dindon.	**Dupe**

Duper	Attraper un pigeon.
Duperie	Règle de jeu.
Duplicata	Produit de remplacement.
Dur à cuire	Grand résistant.
Dure	Ne passe pas.

E

Eau	Élément de gouttière.
	Jus de poissons.
	Ne dort pas souvent sous les ponts.
	Don du ciel.
Eau de mélisse	Remonte-pente.
Eau-de-vie	Esprit étourdissant.
Eau-forte	Planche à dessin.
Ébauches	Grandes lignes.
Ébène	Il fait noir dans les cabinets.
Éboueur	Fait la tournée des boîtes.
Éboulement	Descente sur le terrain.
Ébréchure	Manque de bol.
Ébriété	État qui a des ronds.
Écale	Gîte à la noix.
Écart	Grand de la danse.
Écartèlement	Résultat du tirage.
Ecce homo	Un sujet épineux en art.
Ecchymoses	Souvenirs de tournées.
Ecclésiastique	Profession de foi.
	Ministre sans portefeuille.
	Ministre des affaires cultuelles.

Montures de lunettes.	**Échafauds**
Serviteur de l'office du vin.	**Échanson**
Sortie de secours.	**Échappatoire**
Petit bois.	**Écharde**
Engagement dans l'armée.	**Échauffourée**
Tour de garde.	**Échauguette**
Terme financier.	**Échéance**
Report de voix.	**Écho**
Réflexion à haute voix.	
Bruiteur.	**Échotier**
Potineur artistique.	
Se mettre en grève.	**Échouer**
Attaque de gouttes.	**Éclaboussures**
Coup d'éclat.	**Éclair**
Ligne de feu.	
Coup de foudre.	
Trait de lumière.	
N'est condamnable que par défaut.	**Éclairage**
A volé mais pas tout seul.	**Éclat**
Péter bruyamment.	**Éclater**
Arriver comme une fleur.	**Éclore**
Casser des œufs.	
Fait péter les boutons.	**Éclosion**
Forme les écolos.	**École buissonnière**
Vert mais rose sur les bords.	**Écologiste**
Restaurateur de cadres.	
Verts avec des nuances.	**Écologistes**
Chiche.	**Économe**
Ni gain ni dépense.	**Économie**

Économies	Mises en bas et à gauche.
	Espèces protégées.
	Oseille en conserve.
Écorce	Protectrice de charme.
	Peau dure.
Écorché	Corps enseignant.
Écornifleur	Parasite du pigeon.
Écosser	Travailler pour les cocos.
Écot	Frais de participation.
Écouter	Se mettre discrètement à table.
Écouteur	Pour une réception intime.
Écrémer	Faire maigre.
Écrevisse	Rougit quand elle est en nage.
Écrire	Coucher sur des pages.
Écrit	Mis en page.
	Épreuve sur papier.
Écritoire	Boîte à lettres.
Écrivailleuse	A une plume d'oie.
Écroué	Enregistré au violon.
Ecstasy	Produit pour le pied.
Ectoplasme	Esprit brumeux.
Écu	Exposition de meubles.
Écumer	Se faire mousser.
Écureuil	Petit épargnant.
Écurie	Chambre avec bidet.
Écus	Fonds de boulangère.
Écuyère	Une artiste qui monte.
Édenté	Privé de casse-croûte.
	Le paresseux l'est s'il est bête.
Édit	Nantais révoqué.
	Page de roi.

Convertis en livres.	**Édités**
Travail en douceur.	**Édulcoration**
Affaires courantes.	**Effets**
Visage frappé.	**Effigie**
Épreuve de force.	**Effort**
Entrée interdite.	**Effraction**
Chouette mais fait peur.	**Effraie**
Homo.	**Égal**
Passage à niveau.	**Égalisation**
Cherche à généraliser l'emploi du kif.	**Égalitaire**
Mythe républicain.	**Égalité**
Endroit ou envers.	**Égard**
Considérations distinguées.	**Égards**
Trouble-tête.	**Égarement**
Fausser la direction.	**Égarer**
Manipulatrice de marionnettes.	**Égérie**
Conseil d'artiste.	
Souffle en politique.	
Muse à règne.	
Œuf de cook.	**Egg**
Œufs au bacon.	**Eggs**
Meneur de je.	**Ego**
Porté sur lui.	**Égoïste**
Coupe le sifflet.	**Égorgeur**
Une femme qui saigne.	**Égorgeuse**
A laissé de bons souvenirs à Stendhal.	**Égotisme**
La fin de tout.	**Égout**
Passage souterrain.	

	Sent souvent mauvais de la bouche.
	Collecteur de fonds.
Égratignons	Griffons.
Égratignure	Moindre mal.
Égrène	Écosse.
Ein	Un étranger.
	Cœur en peine.
	Unité allemande.
Éjection	Sortie précipitée.
Élagueur	Homme de haute taille.
Élan	Réaction à chaud.
	Éclair de chaleur.
Élargissement	Laisser-aller.
Élastique	Entrave à la libre circulation de l'argent.
Élections	Tours organisés.
Électorat	Porte-voix.
Électrice	Femme en carte.
Électricité	Jus.
Électrochocs	Mettent un monde fou au courant.
Électroménager	Des domestiques mis au courant.
Électropuncture	Fait des pointes en courant.
Électrum	Mariage d'argent.
Élégie	Le langage des pleurs.
	Plainte pour un poète.
	Transmission de plaintes.
Éléments	Quatuor classique.
Élève	Hausse ou suit les cours.

Responsable de la batterie.	**Éleveur**
Épreuve comprenant une partie d'échecs.	**Éliminatoire**
Premier choix.	
Choix des épreuves.	**Éliminatoires**
Lettre dérobée.	**Élision**
Effacement devant l'adversaire.	
Le meilleur des mondes.	**Élite**
Fleur rare.	
Haute société.	
Cuisine à la crème.	**Élitisme**
Un choix gratiné.	
Philtre à essence.	**Élixir**
Grand écart.	**Éloignement**
Fort tirage.	**Élongation**
Vainqueur du tour.	**Élu**
Arraché à la masse.	
Encouragé de la voix.	
Son choix est fait.	
Dame de cœur.	**Élue**
Aile protectrice.	**Élytre**
Couche dans la baignoire.	**Émail**
Bouffée à la sortie.	**Émanation**
Compagnons de camées.	**Émaux**
Coup de feu.	**Emballement**
Faire le ballot.	**Emballer**
Écart de conduite.	**Embardée**
Montée en Watteau.	**Embarquement**
Troubles de la circulation ou problèmes gastro-intestinaux.	**Embarras**

Embauchoir	Forme de chaussure.
Emboîtage	Couverture de livre.
Emboîter	Suivre au pas.
Embonpoint	État prospère.
Embossure	Nœud marin.
Embourgeoisement	Accession à la propriété.
Embrouille	Productrice de pastis.
Embuscade	Montée pour descendre.
Émeri	Dérouille souvent.
Émétique	Composition à rendre.
Émeut	Saisit ou interdit.
Émiettement	Multiplication des divisions.
Émincé	Partie fine.
Éminence	Haut personnage.
Émission	Sortie des studios.
Émissions	Produites à la chaîne.
Émondeur	Homme de grande taille.
Émorfiler	Ôter les arêtes.
Émoulu	Toujours frais.
Emphase	Espèce d'enflure !
	Coup de pompe.
Emplettes	Résultat des courses.
Employée de maison	Bonne nouvelle.
	Moins bonne qu'avant.
Empoigne	Activité foraine.
Emportement	Coup d'éclat.
Emporte-pièce	Détachant.
Emporter	Prendre sur soi.
Empreintes digitales	Marques déposées.
Emprise	Ascendant direct.

Tailleur d'ardoises.	**Emprunteur**
Moteur de compétition.	**Émulation**
Son air est langoureux.	**Enamouré**
Figure de haute école.	**Énarque**
Remarquable avec des filets de canard.	**Encadré**
Engeôler.	**Encager**
Acompte prévisionnel.	**En-cas**
Loger dans le quartier.	**Encaserner**
Prise mais sera délivrée.	**Enceinte**
Au bord du siège.	**Encerclement**
Mettre enceinte.	**Enclore**
Faire le mur.	
Dure d'oreille.	**Enclume**
Mauvais sang.	**Encre**
Grosse somme.	**Encyclopédie**
Source de lumières.	
Terme anglais.	**End**
Mal installé.	**Endémie**
Toujours devant.	**Endetté**
Entreprise ardoisière.	**Endettement**
Opposé à la liberté de l'enseignement.	**Endoctrinement**
Tiers du titre.	**Endossataire**
Ici ou là.	**Endroit**
Résistance active.	**Endurance**
Punch à la pêche.	**Énergie**
Fort avec du punch.	**Énergique**
Relativement facile à concevoir.	**Enfant**
Commis d'office.	**Enfant de chœur**

Enfer	Pays chaud.
	Le coin du feu.
	Célèbre rôtisserie.
Enfler	Changer de volume.
Enfleurage	Mise au parfum.
Enfonçons	Plongeons.
Engagement	Prise de position.
	Choix des armes.
Engeance	Bas monde.
	Bande de maudits.
Engobe	Terre à terre.
Engober	Tourner autour du pot.
Engouement	Façon de se coiffer.
Engraisser	Dépasser la ligne.
Engramme	Souvenir marquant.
Engueulade	Procès verbal.
Engueule	Incendie.
Enguirlandé	Décoré mais non félicité.
Enguirlander	Attraper ou parer.
Énigme	Mise sous clé.
	Disparaît avec la clé.
Enjeu	Poule séduisante.
	Mis dans la cave.
Enjôleur	Menteur de charme.
Enlèvement	Prise de position.
Enlisée	Retenue en chemin.
Enlisement	Accident de terrain.
	Mise en vase.
	Entrée en matière.
Ennéade	Pléiade enrichie.

Effet du rasoir.	**Ennui**
Morne peine.	
Rase gratis.	
Tour de piste.	**Enquête**
Interdit aux nomades.	**Enracinement**
Vachement peu nourrissante.	**Enragée**
Conservé dans une cassette.	**Enregistré**
Œuvre gravée.	**Enregistrement**
Mettre à l'aise.	**Enrichir**
Conseil financier.	**Enrichissez-vous**
Enveloppe commerciale.	**Enrobage**
Prise de voile.	**Enrouement**
Interdit d'avance.	**Ensablé**
Panneau de signalisation.	**Enseigne**
Verser dans la réserve.	**Ensiler**
Affaire d'État.	**Ensoleillement**
Envoyé en cure.	**Ensoutané**
C'est à n'y pas croire, mais il lui arrive de se laisser dépasser.	**Entendement**
Souvent dépassé par les événements.	
Saisir par l'oreille.	**Entendre**
Ouïe.	**Entendue**
Tord-boyaux.	**Entéralgie**
On lui a payé une bière.	**Enterré**
Aller simple.	**Enterrement**
Coiffeur.	**Entichement**
Ne manque de rien.	**Entier**
Manque de respect.	**Entorse**
Crasse.	**Entourloupe**

Entracte	Entre deux rideaux.
	Suspension de séance.
Entrailles	Porteuses de fruits.
Entrain	Allant à la pêche.
Entraîner	Mettre en forme.
Entrave	Comprend l'argot.
Entre-deux-guerres	Le repos du guerrier.
Entrée	Passage initial.
Entremetteur	Auteur de rapports.
Entre-rail	Voie intérieure.
Entresol	Est de bas étage.
Entretien	Souci des conservateurs.
Entrevue	Brève rencontre.
	Peu distinguée.
Énucléation	Retrait à vue.
Énumérant	Détaillant.
Énumération	Colonne par un.
Énurésie	L'affaire des fuites.
	Laisser-aller.
	Mouille les pages.
Envahir	Chercher une occupation.
Envers	Pile de pièces.
Envoûtement	Coup du sort.
Éolienne	Travaille en plein courant d'air.
Éoliharpe	Instrument à vent.
E.O.R.	Son avenir tient à un fil, pas à une ficelle.
Éosine	Rouge sang.
Épanchement	Part du cœur ou du genou.
	Hémorragie du cœur.

Développement réussi.	**Épanouissement**
Espèces de caisses.	**Épargne**
Chouette ou vieux canard.	**Épatant**
Cinéma à petit budget.	**Épate**
Souvent en hausse quand l'intérêt est en baisse.	**Épaules**
Pattes de cabot.	**Épaulettes**
Fer à fil.	**Épée**
L'arme à gauche.	
Lecture détaillée.	**Épellation**
Nez pointu.	**Éperon**
Piquer du nez en mer.	**Éperonner**
Chasse ou pêche.	**Épervier**
Chapeau de paille.	**Épi**
Est sur la paille.	
Tifs rétifs.	
Difficile à plaquer.	
Prépare à la licence de grec.	**Épicurisme**
Maladie courante.	**Épidémie**
Garde à vue.	**Épie**
Occupation de poilus.	**Épilation**
Extraction de racines.	
Suite et fin.	**Épilogue**
Microcéphale.	**Épingle**
Un corps tout violacé.	**Épiscopat**
Joint de chanvre.	**Épissure**
Se confie volontiers aux poulets.	**Épistolier**
Écrite pour la postérité.	**Épitaphe**
Recommandations pour faire le ménage.	**Épithalame**

Épithète	Surnom.
Épluchures	Plus ou moins grosses sur la patate.
Éponge	Buveuse souvent pressée.
	Pompe à eau.
Épouvantail	Chasseur d'oiseaux.
Épreuve	Première impression.
Épreuves	Résultats du tirage.
	Planches de placards.
Éprouvette	Berceau de la culture.
Épure	Œuvre cotée.
Épurge	Huile de vidange.
Équateur	Tour du monde.
	Ligne maritime.
Éradication	Travail d'arrache-pied.
	Disparition volontaire.
Éraflement	Couronnement traité par-dessus la jambe.
Ère	Le temps du palindrome.
	Temps variable.
Erg	Roseraie ensablée.
	Sables mouvants.
	Grand sablé.
Ergo	Est donc latin.
Ergonomiste	À la recherche du temps perdu.
Ergote	Chinoise.
Ergoteur	Passe par la chicane.
Ergothérapie	Fait bosser les bossus.
Ermitage	Point de retraite.
Ermite	Retraité sans sécurité sociale.

Père solitaire.	
Régime passe-partout.	**Erratisme**
Revient sur une mauvaise impression.	**Erratum**
Manifestation d'humanité.	**Erreur**
Humaine… mais souvent bête.	
Substitut.	**Ersatz**
Fard de jeune fille.	**Érubescence**
Feu rouge.	
Une émission qui ne convient pas à tous les publics.	**Éructation**
Lancé à plein gaz.	**Éructé**
Perles de culture.	**Érudites**
Pour un docteur, pas pour un médecin.	**Es**
Actrice de cinéma.	**Esbroufeuse**
Compagnie aérienne.	**Escadrille**
Arrêt au port.	**Escale**
Échelle de marin.	
Gare à la flotte.	
Retour à la terre.	
S'élève en cage.	**Escalier**
Fugue mineure.	**Escapade**
Sac de blé.	**Escarcelle**
Poche de liquide.	
Frappe.	**Escarpe**
Siège de jardin.	**Escarpolette**
Condition imposée.	**Esclavage**
Homme en réduction.	**Esclave**
Discipline de fer.	**Escrime**

	Art du fer.
Escrimeuse	Dame de fer.
Escroc	Aime le pigeon mais pas le poulet.
Escroquer	Plumer des pigeons.
Esgourdes	Portugaises logées dans des pavillons.
	Portugaises à ouvrir.
Ésotérisme	Cache-texte.
Espar	Mât de fortune.
Espèces	Liquide que l'on verse.
Espérance	Présence du futur.
	Fait patienter.
Espingole	Le vieux fusil.
Espion	Homme à l'affût.
	Oreille interne.
Esplanade	Place libre.
Espoir	En toute bonne foi.
Esprit	Gin ou Djinn ?
	Écouté à table.
Esprit-de-sel	Rongeur.
Esquisse	Début de représentation.
Essaim	Suite royale.
	Masse laborieuse.
	Grand ensemble.
	Agglomération ouvrière.
Essaimage	Mouvement séparatiste des colonies.
Essais	Sportifs ou littéraires.
Essayages	Font passer et repasser.

Cheville tordue.	**Esse**
Une lettre bien tournée.	
Ne se consomme pas sur place.	**Essence**
Mise en nourrice à coups de pompe.	
N'avait pas la cote à Saint-Germain-des-Prés.	**Essentialisme**
Tout le capital.	**Essentiel**
Décollage immédiat.	**Essor**
Chasse d'eau.	**Essorage**
Collectionneur de papillons.	**Essuie-glace**
Point du jour.	**Est**
Politiquement correct.	**Establishment**
Jetée sur des pieux.	**Estacade**
Coup de fil.	**Estafilade**
Café qui sent le bouchon.	**Estaminet**
Fait la belle.	**Esthéticienne**
Prisons.	**Estimons**
Poche à remplir.	**Estomac**
Compartiment du buffet.	
Fait monter les prix.	**Estrade**
Entre deux mers.	**Estran**
Séance suspendue.	**Estrapade**
Gironde au lit.	**Estuaire**
Lie.	**Et**
Le cœur en fête.	
Une sacrée vacherie.	**Étable**
Ses papiers sont brillants et ils peuvent emballer.	**Étain**
Au bord de la ruine.	**Étais**

Étal	Place du marché.
	Une place exposée.
Étalagiste	Expose ses créations.
Étalé	On en a fait toute une tartine.
Étalon	Père exemplaire.
Étanche	Dans l'impossibilité de fuir.
Étape	Cité-dortoir.
	Brûlée sans arrêt.
État	En danger quand il est dans le coup.
État civil	Contrôle des naissances.
État-major	Directeur de troupe.
États	Généraux de l'Ancien Régime.
Étau	Presse ouvrière.
Etc	Agglomération réduite.
	Ramasse-miettes.
	Reste comprimé.
	Inventaire bâclé.
	Ne comprend pas l'essentiel.
	Rassemblement de suiveurs.
Été	Videur à Paris.
	Temps de cuisson.
	Bourre les côtes.
	Indien d'Amérique du Nord.
Éteindre	Ôter le jus.
Étendre	Coller dans un bahut.
Éternel	Père de l'Église.
	Père exceptionnel.
Éternelle	Hors d'âge.
Éternité	Temps mort.

Émission qui peut surprendre.	**Éternuement**
Balle paumée.	**Éteuf**
Trouve un emploi grâce au chaumage.	**Éteule**
Ne se soûle pas d'air pur.	**Éthéromane**
A des mœurs particulières.	**Ethnie**
Mêlé à des affaires de mœurs.	**Ethnographe**
Pètent le feu.	**Étincelles**
Éclats de silex.	
Règle rigide.	**Étiquette**
A obtenu une rallonge.	**Étiré**
Démesure de la langueur.	**Étisie**
Donne de maigres résultats.	
Dur à la coque.	**Étoc**
Naufrageur.	
Facteur de chance.	**Étoile**
Belle de nuit.	
État américain.	
Boucheur de coin.	**Étonnement**
Souffleur.	
Effet de vapeurs.	**Étourdissement**
Manuel du crime.	**Étrangleur**
Penser comme Descartes.	**Être**
Désolé s'il manque.	
La question franco-anglo-danoise.	**Être ou ne pas être**
Attachée d'embrassade.	**Étreinte**
Employé sans expérience.	**Étrenné**
Les connus dans la maison.	**Êtres**
Dur d'oreille.	**Étrier**

Étripage	Opération bidon.
Étrivières	Vont à la selle.
Étron	Abandon de chien.
	Merde alors !
Étude	Liberté surveillée.
Étudiant	Élève au niveau supérieur.
Étudier	Se faire de nouvelles connaissances.
Étuve	Pièce bien chauffée.
Eucharistie	À base de pain et de vin.
Euh	Un mot pour un autre.
Euphémisme	Mot doux.
Euphonie	Effet de langue dans l'oreille.
Eurêka	Poussé dans le bain.
Euthanasie	Service médical.
	Départ donné.
	Aide au départ.
	Départ précipité.
Évacuation	Proche de la retraite.
Évaluation	Mise à prix.
	Distribution des prix.
Évanouissement	Disparition totale ou absence provisoire.
Évasion	Belle de maison close.
	Belle de jour comme de nuit.
Éveil	Acte de naissance.
Événement	Heureux avec un enfant.
Éventaire	Table des matières.
Éventualité	Concours de pronostics.
Évêque	Point cardinal.

Action de chasse.	**Éviction**
Porte ouverte.	**Évidence**
Bac des arts ménagers.	**Évier**
Faite de mémoire.	**Évocation**
Grosseur suspecte.	**Exagération**
Broderie de Marseille.	
Tendance à grossir.	
Poussée de fièvre.	**Exaltation**
Tour de contrôle.	**Examen**
Madame le juge d'instruction.	**Examinatrice**
Heureux dénouement.	**Exaucement**
Est d'un bon prix.	**Excellence**
Sortie de l'Église.	**Excommunication**
Blanchisseuse.	**Excuse**
Gomme plate.	**Excuses**
Sorties de secours.	
N'est pas auteur mais interprète.	**Exégète**
Donné pour éclairer.	**Exemple**
Faire grâce.	**Exempter**
Assouplisseur.	**Exercice**
Forte demande.	**Exigence**
Coûte les yeux de la tête.	**Exorbitant**
Malin et demi.	**Exorciseur**
Chasse d'eau (bénite).	**Exorcisme**
L'âme de la conjuration.	**Exorciste**
Convenable ou souvent douteux.	**Expédient**
Épreuves avec corrections éventuelles.	**Expérimentation**
Payer un forfait.	**Expier**
Faire une réparation.	

Expirer	Cesser d'avoir l'air inspiré.
Express	Café de café.
Expurgations	Réductions accordées aux enfants.
Expurger	Découper le cochon.
Extorsion	Carottage sous pression.
Extra	C'est un garçon !
	Supplément pour le service.
Extradition	Livraison à domicile.
	Retour à la terre.
Extralucide	Très voyante.
Extrémiste	Hostile au milieu.
Eye-liner	Fond en larmes.

F

Fabophile	Tire doublement profit de sa galette.
Façonnement	Formation professionnelle.
Factage	Port de commerce.
Fada	A une grande maison à Marseille ou un simple cabanon.
Fado	Deux notes ou beaucoup plus.
Faïence	Fait la vaisselle.
Failli	Victime du devoir.
Faillite	La fin des moyens.
	Sinistre des finances.
	Problème d'échec.
Faim	Descente d'estomac.
Fainéantise	Grosse cosse.

Opposition assez constructive.	**Faire-valoir**
Sport peu pratiqué.	**Fair-play**
La poule d'un magouilleur ?	**Faisane**
Élevé dans la montagne.	**Faîte**
Mur de l'Atlantique.	**Falaise**
Côte cassée.	
Volant bas.	**Falbala**
Grande ceinture.	**Famine**
Cri de la cigale.	
Favorable au culte de la personnalité.	**Fan**
A du foin dans ses bottes.	**Faneur**
Faux crâne.	**Fanfaron**
Accessoire de toilette.	**Fanfreluche**
Elle nous couvre de boue et on la recommande avec chaleur.	**Fangothérapie**
Mort vivant.	**Fantôme**
Théories très gaies.	**Farandoles**
Piqué en passant au rouge.	**Fard**
Travailler à la mine.	**Farder**
Blanchir en cuisine.	**Fariner**
Pipit en l'air.	**Farlouse**
Délice de Capoue.	**Farniente**
Dolce vita.	
Grande séductrice.	**Fascination**
Nouvelle cuisine.	**Fast-food**
Femme de main.	**Fatma**
Étalage suffisant.	**Fatuité**
Vadrouille sur le pont.	**Faubert**
Point central.	**Faubourg**

Faucille	Faux communiste.
Faute	Défaut ou délit.
Fauter	Se laisser tomber.
Fauteuil	Œuvre posthume de Voltaire.
Fauteur	Responsable irresponsable.
Faux-monnayeur	Reproducteur d'espèces protégées.
Favela	Pauvre home brésilien.
Faveur	Petite fleur.
Fée	Une femme charmante.
Feinte	Faux mouvement.
Feldwebel	Juteux outre-Rhin.
Fêle	Trompette en verre.
Fellah	A fait la campagne d'Égypte.
Félon	A perdu la foi.
Féminisme	Honneur aux dames.
Fenil	Le coin du foin.
Fente	Petit écart.
Fentes	Jours plus ou moins longs.
Fer	Dur… à croire.
	Semelle de sabot.
Ferblantier	Habitué du zinc.
Ferme	Maison de la culture.
Ferrailler	S'engager dans un croisement dangereux.
Ferrer	Tirer à la ligne.
Ferry-boat	Car naval.
Fers	Libèrent ou enchaînent.
Férule	La palette du maître.
Ferveur	Forte chaleur.

Coups de main donnés à des jeunes.	**Fessées**
Corriger à la main.	**Fesser**
Taper au verso.	
Battre des mains.	
Sièges pour s'asseoir.	**Fesses**
La journée du patron.	**Fête**
Préservatif.	**Fétiche**
Amour fou.	**Fétichisme**
Fauteur de guerre.	**Feu**
Petit coin de campagne.	**Feuillées**
Schéhérazade des chaumières.	**Feuilletoniste**
Graine de roi.	**Fève**
Ne sera pas encore augmenté cette année.	**Février**
Coiffure de ville.	**Fez**
Promise ou accordée.	**Fiancée**
Un mot décisif.	**Fiat**
Carré d'épaules.	**Fichu**
Sujet à caution.	**Fidéjusseur**
Vieil habitué.	**Fidèle**
Venin de chameau.	**Fiel**
Faire comme un pigeon.	**Fienter**
Java espagnole.	**Fiesta**
Flûte pour les militaires !	**Fifre**
Courant dans les cours.	**Fil**
Va d'un point à un autre.	
Pour donner des coups ou pour en recevoir.	
Fils de la Vierge.	**Filandres**

Filature	Surveillance suivie.
	Faite en usine ou dans la rue.
Filet	Araignée de mer.
Fileté	Mis au pas.
Fille	Garçon manqué.
Fin	Bout avec des haricots.
	But marqué.
Financement	Vague de fonds.
	Le moulin de la galette.
Fion	Cachet à la main.
Fioul	Domestique et chauffeur.
Firme	Grande boîte.
Fisc	Service de presse.
Flagornerie	Basse cour.
Flamberge	Coupe-vent ?
Flamiches	Bouffes du Nord.
Flanc	Se prête à l'exposition.
	Région proche des côtes.
Flash	Coup d'éclat.
Fléau	Ancien combattant.
Flèche	Fait l'amour.
Flemme	Se tire souvent pendant le week-end.
Flétan	Plat cuisiné.
Fleurette	Conte galant.
Fleuriste	Baudelaire, d'une certaine manière.
Flingot	Descendait sur le front.
Flingue	Nom d'un pétard !
Flinguer	Éliminer par le feu.

Cour de récréation.	**Flirt**
Rester dans la cour.	**Flirter**
Lame bien trempée.	**Flot**
Grandes ondes.	**Flots**
Ligne maritime.	**Flottaison**
Vague artistique.	**Flou**
Devise stable.	**Fluctuat nec mergitur**
Parisianisme.	
Les cinq lettres.	**Flûte**
A une profession déclarée.	**Foi**
Sauve qui veut.	
Gros grain.	**Folie**
Brume de cerveau.	
Est à la page.	**Folio**
Homme d'État.	**Fonctionnaire**
Débit de boisson.	**Fontaine**
Homme d'équipe mis à pied.	**Footballeur**
Entrée en matière.	**Forage**
Homme de peine.	**Forçat**
Pêche.	**Forme**
Point faible.	**Fort**
Remonte-pente.	**Fortifiant**
Bâtie en briques.	**Fortune**
Coup de feu.	**Foudre**
Père redoutable.	**Fouettard**
Jouer d'un instrument à cordes.	**Fouetter**
Met la crosse en l'air.	**Fougère**
Coup de feu.	**Fougue**
Lieu noir.	**Four**
Ne vaut pas un franc.	**Fourbe**

Fourberie	Jeu d'artifice.
Fourmi	Petite épargnante.
	La petite bête qui compte, qui compte.
Fourneau	Tête de pipe.
Fourrière	Prison pour vagabonds.
Fragrance	L'odeur du passé.
Frai	Érosion monétaire.
Frais	Ceux de la princesse ne sont pas faux.
Fraise	Col à manger de la tarte.
Franc	Livre d'or autrefois.
	Balle populaire.
Franchise	Laisser-aller.
Francs	Sous développés.
Franglais	Made in France.
Franquette	Bonne sans façon.
Fredaine	Folie douce.
Fredaines	Équipées avec de petites bombes.
Fressure	Donne du mou.
Fretin	Menu avec du poisson.
Freudienne	La femme de mes rêves.
Frimas	Poudre blanche.
Fripière	Femme d'affaires (occasion).
Froc	Robe ou pantalon.
Frog	Nourriture franco-anglaise.
Fromage ou dessert	Un raccourci indiqué sur la carte.
Fromagerie	Ce n'est pas une sinécure.
Frondeur	Le petit David ou le Grand Condé.

Le coin du feu.	**Front**
Lignes à haute tension.	**Fronts**
Un peu au-dessus de la ceinture.	**Frugalité**
Accusé de déception.	**Frustrant**
Trou d'eau.	**Fuite**
Main pleine.	**Full**
Exploser en bouillant.	**Fulminer**
Tirer sur un diplomate.	**Fumer**
Faire du boucan.	
Au-dessus du volcan.	**Fumerolle**
Contribuable découragé.	**Fumeur**
Sapeur ami du caporal.	
Montmartrois câblé.	**Funiculaire**
Court pour jouer.	**Furet**
Fourchette à poisson.	**Fuscine**
Corps ailé.	**Fuselage**
Sauteur en politique.	**Fusible**
Réunion très intime.	**Fusion**
Pièce de château.	**Fût**
Petit bois.	**Futaie**
Ficelle.	**Futé**

G

Travaille dans la serrurerie ou dans la maçonnerie.	**Gâche**
Battu comme plâtre.	**Gâchis**
Se ramasse avec une pelle.	**Gadin**
Impair de manche.	**Gaffe**

Gag	Impayable chez Lloyd.
Gages	Salaire de labeur.
	Braises de la cuisinière.
	Galette maison.
Gain	Récolte de blé.
	Appât efficace.
	A un goût âpre.
Gaine	Fourreau des corps.
Galanterie	Fleurette dans la cour.
Galéjade	Conte de Provence.
Galerie	Case-croûtes.
Galérien	Travailleur à la chaîne.
Galet	Pierre qui roule.
Galop	Train rapide.
Galopades	Courses de chevaux.
Galoubets	Flageolets du Midi.
Gambettes	Membres d'un corps de ballet.
Game	Fait le jeu des Anglais.
Gaminerie	Retombée en enfance.
Gandin	Chic type.
Gang	Association à but lucratif.
Gant	Serre la main.
Garage	Auto-protecteur.
Garagiste	Auto-gestionnaire.
Garance	A fait monter le rouge au front.
	Arletty, on l'appelait comme ça et elle n'en rougissait pas.
Garçonnière	Féminin singulier.
	Vestiaire du coureur.
Garde-à-vous	Position tenue par un militaire.

Aile protectrice.	**Garde-boue**
Bourreau de travail.	**Garde-chiourme**
Mitomane de quartier.	**Garde-magasin**
Veilleuse de chevet.	**Garde-malade**
Sortie côté jardin.	**Garden-party**
Détention provisoire.	**Garderie**
Poisson frais.	**Gardon**
Passage de la ligne.	**Gare**
Resto du haut-le-cœur.	**Gargote**
Querelles intestines.	**Gargouillements**
Logement préfabriqué.	**Garni**
Réunion de gens du quartier.	**Garnison**
Collier de serrage.	**Garrot**
Histoire d'Auch.	**Gasconnade**
Génoise ou polonaise.	**Gâteau**
Mettre en cloques.	**Gaufrer**
Gaillard d'avant.	**Gaulois**
Explosif avec de l'eau.	**Gaz**
En physique, a beaucoup plus que la moyenne.	**Géant**
Refroidissement à eau.	**Gel**
Refroidissement à air.	
On est en froid avec lui.	
Avec un con, l'est encore plus.	**Gelé**
Blanche de froid.	**Gelée**
Faire la paire.	**Géminer**
S'exprimer avec peine.	**Gémir**
Fumé d'un bout à l'autre.	**Gendarme**
Sa branche, ce sont les arbres.	**Généalogiste**
Armoise à pharmacie.	**Génépi**

Général	Les étoiles de la troupe.
Générale	Ce n'est pas son mari qui la battait !
Généraliste	Médecin sans frontières.
Générique	La bande de la bande.
Genèse	Un début à tout.
Génial	Superlatif de super.
Génie	Corps ou esprit.
	Belle bosse.
	Vedette de la Bastille.
Genou	Couronné non sans mal.
Gentiane	L'amère à boire.
Gentleman-farmer	À la fois rural et urbain.
Gentleman's agreement	Parole d'honneur.
Gentry	Crème anglaise.
Géographe	Père d'Atlas.
Geôle	Pièce à clés.
Géomancie	Son avenir est sur la terre.
Gerber	Attacher ses bottes.
Gerbes	Bottes à tiges.
Germination	Casse-graine.
Gérontocratie	Régime pour personnes âgées.
Gésine	État de grosse.
	Travail de dame.
Gestation	Stade du ballon rond.
Geste	Expression corporelle.
	Exploit dans les cycles.
	Sujet de chanson.
Gewurtztraminer	À boire dans un verre ballon !
Ghetto	Quartier réservé.

Américain de la campagne.	**G.I.**
Repas à prendre.	**Gibier**
Claque.	**Gibus**
Coup de main.	**Gifle**
Hausse exceptionnelle.	**Gigantisme**
Haute lutte.	**Gigantomachie**
Une sacrée grande famille.	
Cher petit ami.	**Gigolo**
La bringue mais pas la java.	**Gigue**
Rayé d'office.	**Gilet**
Une pièce où l'on pleure.	
Souvent dans le pétrin.	**Gindre**
Passe en revue.	**Girl**
Fleur à la main.	**Giroflée**
Sein protecteur.	**Giron**
Faux sein.	
Raide mort depuis longtemps.	**Gisant**
Placer.	**Gisement**
Lit des bouquins.	**Gîte**
Terrain militaire.	**Glacis**
Cubes en verre.	**Glaçons**
Terre d'artistes.	**Glaise**
Le charme d'Hollywood.	**Glamour**
Ramasser du blé.	**Glaner**
Ramasse-miettes.	**Glaneur**
Coups de bourdon.	**Glas**
L'adieu aux âmes.	
Sécurité routière.	**Glissière**
Homme du monde très instable.	**Globe-trotter**

Gloire	Couverture brillante.
	A son jour pour la Marseillaise.
Glouglou	Son du canon.
Glume	Peau de balle.
Glyptothèque	Les camées y sont sous surveillance.
Gnôle	Eau forte.
	Goutte à goutte.
Gnome	Petit laid.
Gnouf	Maison close.
Goal	À l'affût dans les bois.
Gobeur	Balivernivore.
Godillot	Pompe de deuxième pompe.
Golf	A des trous mais pas dans ses culottes.
Golfe	Lion de mer.
Goménol	La goutte au nez.
Gondolage	Un truc tordant.
Gondolier	Vedette de la navigation de plaisance.
Gorge	La place du chat.
Gorille	Poulet à l'huile.
	Singe ou poulet.
Gospel	Sacré chœur.
Gothique	Suite du roman.
Goulet	La porte étroite.
Goulot	Col de fillette.
Gourdin	Arme à percussion.
	Argument massue.
Gourmande	Femme de goût.

Jetée en premières noces.	**Gourme**
Maître de chapelle.	**Gourou**
Elle a la cosse.	**Gousse**
Aperçu s'il est avant.	**Goût**
Faible du côté cœur.	
Reconnu par le palais.	
Elle peut en donner.	**Goutte**
Bonne chère.	**Gouvernante**
Soutient la tête.	**Gouvernemental**
Page des Misérables.	**Grabat**
Tas de foin.	**Grabuge**
La blanchisseuse du Président.	**Grâce**
Chère de poule.	**Grain**
Cassée pour manger.	**Graine**
Elle a des règles importantes.	**Grammaire**
Gonflé à coups de pompe.	**Grandiloquent**
A la langue très enflée.	
Dépôt de gerbes.	**Grange**
Glace en miettes.	**Granité**
Employé aux écritures.	**Graphologue**
Obsédé textuel.	**Graphomane**
À l'œil.	**Gratis pro Deo**
Reconnaissance de dette.	**Gratitude**
Une attirance irrésistible.	**Gravitation**
Association en lutte.	**Gréco-romaine**
Mettre des francs dans un tronc.	**Greffer**
Rassemble les moutons.	**Grégarisme**
Esprit de corps.	
Tombe dure.	**Grêle**
Goutte d'eau glacée.	**Grêlon**

Grelot	Un seul ne fait pas peur.
Grenade	La marque du génie.
	Éclatante de génie.
Grenadier	Homme de garde.
Grenat	Proche du bordeaux.
Grenier	Haut lieu de la relégation.
Grésil	Eau en poudre.
Grève	Occupation sans occupation.
	Plat de côte.
Gréviste	Mène une vie de débauché.
Grief	Peut donner la grippe.
	Justifie l'emploi d'un savon.
Grièvement	Mérite bien son accent grave.
Grigri	Charme noir.
Grille-pain	Porte des toasts.
Grimace	Expression exagérée.
	Fait une drôle de tête.
Grimpette	Réservée aux côtelettes ?
Gringue	Cour populaire.
Grog	Eau forte.
Groin	Avant-porc.
Groom	Chasseur professionnel.
	Fringant coursier.
Grossesse	Ligne en dérangement.
Grouillot	Petit porteur de la Bourse.
Grumeaux	Gâte-sauces.
Gué	Passage pour piétons.
	Chemin de traverse.
	Passage des bas-fonds.
Guenilles	Mauvais effets.

Rousse rouge.	**Guépéou**
S'en sort sans mal.	**Guéri**
Mal parti.	**Guérison**
Un pet, mais très discret.	**Guet**
Couvre-pied.	**Guêtre**
Pièce de Flaubert.	**Gueuloir**
Ouverture de la poste.	**Guichet**
Baladeur.	**Guide**
Dirigeant de course cycliste.	**Guidon**
Tête de clou.	
Veine coupée.	**Guignon**
Bois à couper.	**Guillotine**
Sèche si on ne la met pas au courant.	**Guitare**
Rigolo américain.	**Gun**
Maître de chapelle.	**Guru**
Exercices de physique.	**Gymnastique**

H

Pas chanté par Carmen.	**Habanera**
La dame des toilettes au théâtre.	**Habilleuse**
Frac ou froc.	**Habit**
Vert sur un fauteuil.	
Entrée dans le menu.	**Hachée**
Fait des farces.	**Hachis**
Prend la vie du bon côté.	**Hagiographie**
La vie en rose.	
Tours de champs.	**Haies**

Haineuse	Élue du fiel.
Haïr	Ne pas pouvoir voir ni sentir.
Haire	Grosse limace.
Haïssable	Moi.
Hâle	Fond de teint.
Haleine	Perdue aux courses.
Hâler	Foncer, mais pas dans le brouillard.
Hall	Entrée en gare.
Hallebardes	Tombent des nues.
	Armes bien trempées.
Halles	Couvertures à carreaux.
Hallier	Fourré à la chasse.
Haltérophile	Homme de poids.
Hamadryade	Femme-tronc.
	Était d'essence divine.
Hameau	Pas commune.
Hanap	Ancien support de canon.
Handicap	Surcharge pondérale.
Hanter	Revenir souvent au château.
Hara-kiri	Ouverture de Madame Butterfly.
	Opération suicidaire.
Harcèlement	Cour interdite.
Hareng	Gendarme ou proxénète.
Hareng saur	Gendarme de réserve.
Haricots	Et leur fin, c'est du vent ?
Harponner	Piquer au passage.
Hasard	Petit bonheur.
Haute-contre	Timbre très rare.
Heaume	Salade avec supplément.
	Couvre-chef.

Tour de force.	**Hélépole**
Le rayonnement de la médecine.	**Héliothérapie**
Petite bête à corne.	**Hélix**
Fait appel aux Anglais.	**Help**
Mal bleu.	**Hématome**
À moitié grec.	**Hémi**
Coupe du monde.	**Hémisphère**
Paire de calottes.	**Hémisphères**
Les musulmanes peuvent s'en passer.	**Henné**
Crier au paddock.	**Hennir**
Il s'y connaît en meubles anciens.	**Héraldiste**
Homme d'armes.	
Les Huns et les autres.	**Herbicides**
Livre vachement documenté.	**Herd-book**
Bifurcation avec sens interdit.	**Hérésie**
Sacrément non conformiste.	**Hérétique**
Bien transmis.	**Héritage**
Le feu lui fera du bien.	**Héritier**
Taille des poutres.	**Herminette**
Récompense bien mal un gros effort.	**Hernie**
Défense d'entrée.	**Herse**
Nager ou flotter.	**Hésiter**
Flotter avant de plonger.	
Poule à l'ancienne.	**Hétaïre**
Un mot pour un autre.	**Heu**
Se prononce pour ne pas se prononcer.	

Heure	Point du jour.
Hexagonal	Français de l'intérieur.
Hexagone	Tour de France.
	Une grande figure française.
Hi	Sanglot court.
Hiatus	Os de la langue.
Hibernation	Morte-saison.
Hiémaux	Faits d'hiver.
Hier	Vieux de la veille.
	Passé tout près.
Hier soir	Veille assez tard.
Hile	Entrée des vaisseaux.
Hirondelles	Agents doubles.
Hirsute	Est de mauvais poil.
Histoire	Plus rigolote avec Marius qu'avec César.
Histrion	Trop vieux pour Pont-aux-Dames.
Hit	Tabac anglais.
Hiver	Général de division.
H.L.M.	Bloc-haus.
Hobereau	Le croquant du gratin.
Hoirie	Héritage de nos aïeux.
Hold-up	Retrait bancaire.
	Opération boursière très risquée.
Home	Chez-soi chez des voisins.
Homicide	Drame en un acte.
Hommage	Mot d'auteur.
Homme-grenouille	Plutôt nageur que sauteur.
	A les palmes aquadémiques.
Homme-sandwich	Homburger ?

Un de la Légion.	**Honneur**
Gains de cause.	**Honoraires**
Lettre de commerce.	**Honorée**
Colorant rouge.	**Honte**
Indicateur très respectable.	**Horaire**
A toujours de l'avenir dans la presse.	**Horoscope**
Interprétation sur des thèmes variés.	
Tiré à partir du ciel.	
Bain de pieds.	**Hortillonnage**
Attaché à des saucisses.	**Hot**
Reçoit ou est reçu.	**Hôte**
Fille de l'air.	**Hôtesse**
Rideau de fumée.	**Hotte**
Bonne bouille.	
Casse-croûte.	**Houe**
Bâton de berger.	**Houlette**
Poudreuse.	**Houppette**
Beauté du ciel d'Orient.	**Houri**
Survêtement de bergère.	**Housse**
Cache-poussière.	
Plongeon dans l'eau froide.	**Huart**
Un jour en bateau.	**Hublot**
Trou de coque.	
Dans la salade ou dans le gratin.	**Huile**
Gros ou grasse.	
On s'en passe volontiers, surtout l'été.	**Huile** (solaire)
Maison de la presse.	**Huilerie**

Huis-clos	Ferme les portes.
Huissier	Introduit ou expulse.
Huître	Portugaise du littoral.
Huit-reflets	Vieux claque très chic.
Huîtrière	Banc dans un parc.
Humide	On y voit goutte ?
	Porteur d'eau.
Humilité	La phobie des grandeurs.
Humus	Couche par terre.
Huppe	Chapeau en plumes.
Hurluberlu	Braque chez Anouilh.
Hutte	Cabane bambou.

I

Ice	Anglaise très froide.
Iceberg	Glace à l'eau.
	Île flottante.
	Naufrageur.
Ice-cream	Création de glacier.
Ici	Nom de lieu.
	Lieu de repos.
	Toujours à l'endroit même à l'envers.
Ici-bas	Notre terre qui n'êtes pas aux cieux.
Icônes	Représentations sur des planches.
Iconoclaste	Chasseur d'images.
	Saboteur de représentations.

Fromage de tête.	**Idée**
Membres d'une association.	**Idées**
Demi de mêlée.	**Idem**
Sa pièce est à un personnage.	**Identité**
Indiquée sur une carte.	
Appellation contrôlée.	
Signe en chinois.	**Idéogramme**
C'est-à-dire c'est-à-dire.	**Id est**
Mal propre.	**Idiopathie**
Simple villageois.	**Idiot**
Mal éclairé.	
Le fait du prince ?	**Idiotie**
Amour propre.	**Idylle**
Liaïson correcte.	
Bon home de neige.	**Igloo**
Couillon de culture.	**Ignare**
Margarita antillaise.	**Île**
Gardienne du trésor.	
Moustique des Antilles.	
Ses contours sont vagues.	
Toute en eau.	
Lewis ou Melville.	
Salomon ou Gilbert.	**Îles**
Huon, mais pas de Bordeaux.	
Loyauté des Caldoches.	
Saintes ou Vierges.	
Ré mineur.	**Îlet**
Caractère des mauvais caractères.	**Illisibilité**
Éclaireuse de tête.	**Illumination**

Illuminé	Devrait avoir les idées claires mais ce n'est pas toujours le cas.
	Voyant éclairé.
Illusion	Trompe l'œil.
Illusionnisme	Toujours à leurres.
Illustré	Canard vivant.
Îlot	Pâté vénitien.
Ilote	Bon exemple de mauvais exemple.
	Esclave noir.
Îlotier	Poulet en pâté.
Imagerie	Crée des modèles pour enfants.
Imaginaire	Rapporté au musée par Malraux.
Imagination	Liberté de penser.
Iman	Guide arabe.
Imbroglio	Pastis de fabrication italienne.
Imbu	Trop plein.
Imitant	Feignant.
Imitatrice	Copieuse.
Immédiat	Hors d'attente.
Immersion	Plongée sous-marine.
Immeuble	Bien stable.
	Tranche de pâté.
Immortalité	Se gagne dans un fauteuil.
Impact	Marque un point.
Impassible	Demeure très calme.
Impedimenta	Embarras de la circulation.
	Excédent de bagage.
Impériale	Grosse mouche.
Implosion	Crève l'écran.
Impolie	Guère civile.

Mise à contribution.	**Imposition**
Dure de la feuille.	
Français mais pas français.	**Impossible**
Fausse situation.	**Imposture**
Usage de faux.	
Prélèvement douloureux.	**Impôt**
Ponctionnaires zélés.	**Impôts**
Vague de fond.	**Imprécis**
Loueur de vedettes.	**Imprésario**
Peintre sensationnel.	**Impressionniste**
Permission de sortir.	**Imprimatur**
Libre de ses mouvements.	**Improvisateur**
Œuvre libre.	**Improvisation**
Abus de confiance.	**Imprudence**
N'arrive pas à entrer en contact.	**Impuissant**
Est à l'abri de la corruption.	**Imputrescible**
Suspension de l'exécution.	**Inaccomplissement**
Signe particulier : néant.	**Inanité**
Fait tomber celui qui la saute.	**Inanition**
Ouverture avec un certain appareil.	**Inauguration**
Gardé au secret.	**Inavouable**
On ne peut pas le reconnaître.	
Rouge ou blanc ?	**Incandescent**
Impuissance de la minorité.	**Incapacité**
Entôlage.	**Incarcération**
Œuvre de chair.	**Incarnation**
A pris forme.	**Incarné**
L'homme au foyer.	**Incendiaire**
Tout feu tout flamme.	

Incendie	Coup de feu.
	La flamme au foyer.
Inceste	Liaison fautive.
Incestes	Les liaisons dangereuses.
Incinération	Avant d'aller aux urnes.
	Mise à feu.
Incinéré	Feu réduit.
Incipit	Débutant en littérature.
Incognito	Dédoublement de la personnalité.
Incollable	Ne sèche jamais.
Inconnu	On n'en sait rien.
	N'est célèbre que s'il est soldat.
Inconsolable	Condamné à une très longue peine.
Inconstance	Jouée en double au théâtre.
Incontinence	Laisser-aller.
Inconvénient	Revers de médaille.
Incorporation	Récolte beaucoup de bleus.
Incrimine	Attaque de front.
Incube	Esprit de possession.
Inculte	On peut le coller sur n'importe quoi.
Indemnité	Réparation qui laisse à désirer.
Index	Expédie en enfer.
	Plus indicateur que rapporteur.
	Espèce de table.
Indic	Garçon donneur.
Indicateur	Littérature de gare.
	Balance à poulets.

Nage ou file sur la terre.	**Indienne**
Détaché du contexte.	**Indifférent**
Être sans le sou.	**Indigent**
Trop-plein.	**Indigestion**
Masculin singulier.	**Individuel**
Ignore le mal.	**Indolore**
Hors classe.	**Inélégant**
Ne va visiblement pas bien.	
De bonne source.	**Inépuisable**
A cessé toute activité pour faire de la résistance.	**Inerte**
Défense passive.	**Inertie**
La force tranquille.	
Hors d'attente.	**Inespéré**
Impolitesse royale.	**Inexactitude**
Petit grand d'Espagne.	**Infant**
Une reine qui ne se déplaçait qu'à pied.	**Infanterie**
Sous.	**Inférieur**
Sentiment complexe.	**Infériorité**
Fonde un foyer.	**Infestation**
Nouvelle brève.	**Info**
Tuyau de papier.	**Information**
Soupe aux canards.	**Informations**
Nouvelles données.	
Pur esprit.	**Ingénu**
Entrée interdite.	**Ingérence**
A oublié le service.	**Ingrat**
Prise par le nez.	**Inhalation**
Dépasse la fiction.	**Inimaginable**

Inimitié	Un début de grippe.
Inintelligence	N'intéresse pas l'ennemi.
Initiales	Lettres du chiffre.
Initiation	Délit de fuite.
Initiative	Syndiquée dans la tourisme.
Initié	Éclairé dans l'ombre.
	A des lumières.
Inlandsis	Calotte blanche.
Innocence	État blanc.
Innocents	Blancs saints.
Innovateur	Son atout c'est le neuf.
	L'originalité chez lui commence dès l'introduction.
Inondable	Risque une bonne trempe.
Inouï	Point commun.
Inox	Matière pour le bac.
Inquisition	Fortiche question question.
Inséré	Sa prière a été exaucée.
Insigne	Point de repère.
Insoluble	Sans solution et sans dissolution.
Inspection	Revue en tournée.
Inspiration	Appel d'air.
Institut	Corps d'élite.
Institutrice	Maîtresse à partager.
Instrumentistes	Finissent par se retrouver dans une fosse commune.
Insuccès	Petit four.
Insulaire	Bonaparte au début, Napoléon à la fin.
Insularité	État du Royaume-Uni.

Réaction religieuse.	**Intégrisme**
Faculté en tête.	**Intellect**
Fromage de tête.	**Intellectualisme**
Gratin de cervelles.	**Intelligentsia**
Ça se comprend.	**Intelligible**
Outre mesure.	**Intempérance**
Dérive des continents.	
Caprices des cieux.	**Intempéries**
On a intérêt à la faire suivre.	**Intendance**
Femme économe.	**Intendante**
Homme d'équipe.	**Inter**
Saisie-arrêt.	**Interception**
Trafic d'influences.	**Intercession**
L'un ou l'autre.	**Interchangeable**
Coup d'arrêt.	**Interdiction**
Bons rapports.	**Intérêts**
Conjonction.	**Interférence**
Sa femme apprécie son home.	**Intérieur**
Mode d'emploi.	**Intérim**
Blanc de poulet.	**Interligne**
Homme de dialogue.	**Interlocuteur**
Femme entretenue.	**Interlocutrice**
Homme du milieu.	**Intermédiaire**
Boîte fermée.	**Internat**
Droit d'asile.	**Internement**
Point d'interrogation ou apostrophe.	**Interpellation**
Cuisiner à petit feu.	**Interroger**
Usine à gaz.	**Intestin**
Conduite intérieure.	

Intimiste	Poète très confidentiel.
Intolérant	Branché sur le sectaire.
Intransmissible	Ne se repasse pas.
Intrépide	Toujours à cran.
Intronisation	Entrée officielle.
Introverti	Homme d'intérieur.
Intrus	Hors d'attente.
Intruse	Personne déplacée.
Inule	Aunée sous bois.
Inusable	Condamné à perpétuité.
Inutile	Hors d'usage.
Invasion	Plan d'occupation des sols.
Invective	Sortie de scène.
Invendus	Bouillon de canard.
Inventaire	Revue de détail.
Inverti	Très gai.
Investissement	Opération financière ou militaire.
Inviter	Détacher de la tapisserie.
Invocation	Fait appel.
Iota	Gage de fidélité.
Iotacisme	Déformation de la langue.
Ipéca	Produit de nettoyage.
	À prendre et à rendre.
Irascible	Soupe au lait à la moutarde.
Ire	Se piquait à l'adrénaline.
	Nom d'un pétard.
	Foin des poètes.
	Faisait bouillir et déborder la soupe au lait.

Indulgence religieuse.	**Irénisme**
Ne peut se voir que si on ouvre l'œil.	**Iris**
Irlandais au café.	**Irish**
Dur pour Dame Thatcher.	**Iron**
Pointe de flèche.	**Ironie**
Contenue dans une blague.	
Technique de pointe.	
Ressort du sort.	
Servie glacée avec une sauce piquante.	
Fait parler pointu.	
Forgeur de pointes.	**Ironiste**
Épingle avec une plume.	
Émission médicale.	**Irradiation**
Entorse au régime.	**Irrégularité**
A l'air dangereux.	**Irrespirable**
Immunité parlementaire.	**Irresponsabilité**
Passage de la flotte.	**Irrigation**
Abreuver les sillons.	**Irriguer**
Accommodée à la moutarde.	**Irritée**
Figure parmi les entrées.	**Irruption**
Entrée cavalière.	
Pavillon russe.	**Isba**
Cela nous est égal.	**Iso**
Milieu fermé.	**Isolat**
Coupe du monde.	**Isolement**
Un petit endroit où l'on va tout seul.	**Isoloir**
Sous-bois.	**Isorel**

	Essence synthétique.
Issu	Suis vraiment confus.
Issue	Porte… secours.
	La fin ou l'ouverture.
Italianisant	La Botte le botte.
	Friand de Macaronis.
Ite	Commandement de l'Église.
	Renvoi avec justification.
	Videur.
Itérative	Revenant.
I.V.G.	Arrêté d'expulsion.
Ivre	Noir de fumées.
Ivresse	Cuite avec de l'alcool.
IX	Vieux neuf.

J

Jabot	Ramasse-miettes.
Jalouse	Portée à la scène.
Jam-session	Bœuf à l'américaine.
Jangada	Maison avec l'eau courante.
Jaquette	Dent creuse.
Jardinier	Plus souvent sur une planche à rames que sur une planche à voiles.
Jardins	Ares décoratifs.
Je	Un mot pour un autre.
Jean	Bleu sur les fesses.
Jerrycan	Nourrice anglaise.

Un sacré saucisson.	**Jésus**
Coup de pompe.	**Jet**
Son sort n'est pas enviable.	**Jettatura**
A ses règles.	**Jeu**
Point de sustentation.	**Jeûne**
Passage à sens unique.	**Jeunesse**
Prises par les Japonais.	**Jiu-jitsu**
Occupation anglaise.	**Job**
Nom d'un pétard.	**Joint**
Boulets de canons dans la cavalerie.	**Jointures**
L'or et l'argent.	**Jonc**
Travail de force.	**Joule**
Jeune premier.	**Jour de l'an**
Cherche à gagner son pain quotidien.	**Journalier**
Plume de canard.	**Journaliste**
Courant populaire.	**Jus**
Le Midi de Valéry.	**Juste**

K

Couleur uniforme.	**Kaki**
Péril jaune.	**Karaté**
Beurre noir.	**Karité**
Nourrit la réaction.	**Kérosène**
Grain de sable.	**Khamsin**
Cheik tartare.	**Khan**
Robe jaune.	**Kimono**

Kipper	Gendarme anglais.
Kir	Blanc cassé.
Kitchenette	Cuisine sans prétention.
Kleptomane	Barboteuse agrafée.
Kommandantur	Place occupée.
Kriss	Arme blanche et jaune.
Kroumir	Chausson à la tunisienne.
Kung-fu	Combat avec les Chinois.

L

Là-bas	Pas ici mais chez Huysmans.
Laboratoire	Boîte de médicaments.
Labourage	Vieille mamelle.
Labyrinthe	Piège en bois.
	Nœud routier.
Lai	Manuel ecclésiastique.
Laideron	Tarte de poire.
Laisse	Retient ou abandonne.
Laissée-pour-compte	Femme négligée.
	Parti sans candidats.
	Élément de tapisserie.
Lait	Un plus pour le B.O.F.
	Sort des vacheries.
	Pris à la gorge.
Lambeau	Pan de loque.
Lame	Toute en eau ou bien trempée.
Laminer	Faire du plat.
Lampadaire	Source claire.

Phare du Midi.	**Lamparo**
Projettent de mauvais coups.	**Lance-pierres**
On en tire le caoutchouc.	
Petit appareil de projection.	
A beaucoup saigné.	**Lancette**
En escadron ou en quadrille mais pas en escadrille.	**Lanciers**
La première voiture.	**Landau**
Ça ira comme points de suspension ?	**Lanternes**
Quand elle est dite, elle n'est pas tue.	**Lapalissade**
Écrit pour la postérité.	**Lapicide**
Lance-pierres.	**Lapidation**
Temps variable.	**Laps**
Erreur souvent juste.	**Lapsus**
Logement de vieux domestiques.	**Laraire**
Vol d'essai.	**Larcin**
Prise de guère.	
Bon tour de cochon.	**Lard**
Bon sens pour l'esprit.	**Largeur**
Petit doigt en verre.	**Larme**
Une goutte de prunelle.	
Eau de chagrin.	**Larmes**
Coulent dans la vallée.	
Produit d'occasion.	**Larron**
Copains de foire.	**Larrons**
L'enfance d'une demoiselle.	**Larve**
Instrument à cordes.	**Larynx**
Rubans de cordon bleu.	**Lasagnes**

Laser	Trait de lumière.
Lasso	Collet monté.
Latin	Ne s'emploie jamais pur en cuisine.
Latte	Fine lame.
Lauréat	Tête couronnée.
Lauriers	Condiments de la gloire.
	Feuilles de tabac.
Lave	Pierre qui coule.
	Boue rouge.
Leadership	Position de la tête.
Lèche	Basse cour.
Lèchefrite	Au jus, là-dedans !
Leçon	Savoir à savoir.
Légion d'honneur	Croix à porter.
Légume	Se produit souvent sur les planches.
	A une vie nettement moins végétative quand elle est grosse.
Légumier	Plat sans viande.
Legs	Bien repassé.
Leitmotiv	Scie circulaire.
Lémure	Âme en peine.
Lendemains	Chanteurs engagés.
Lentille	Petit verre à l'œil.
Lentilles	Monnaie d'échange.
Lèse-majesté	Mal à la tête.
	Un crime hors du commun.
Lessiveuse	A eu beaucoup d'argent mais elle n'arrivait pas à le blanchir.

Coup de filet.	**Let**
Somme inestimable.	**Léthargie**
Inutile si elle est morte.	**Lettre**
Poulet de corbeau.	**Lettre anonyme**
Billet de branque.	
Jolie capitale.	**Lettrine**
Il y en a une paire à côté de la queue.	**Leu**
Le loup et la galette.	
Corps francs.	**Leudes**
Fait grossir les miches.	**Levain**
Main de joueur.	**Levée**
Saut du lit.	**Lever**
Sortir après avoir cassé la graine.	
Décollage automatique.	**Lévitation**
Vol plané.	
Levée du corps.	
Inférieure, est juste au-dessus de la mouche.	**Lèvre**
Rougit sous l'effet du bâton.	
Ferment.	**Levure**
L'aigle de mots.	**Lexicographe**
Se nourrit de racines.	**Lexicologie**
Devient tout pâle si on le met devant le vide.	**Li**
Trotte menue en Chine.	
Chinois en marche.	
Chaîne privée.	**Liaison**
Aventures parfois dangereuses.	**Liaisons**
Galette feuilletée.	**Liasse**

Libelle	Feuille dure.
	Feuille piquante.
Libéralisation	Laisser-aller.
Libération	Des chaînes qu'on abat.
Libertinage	Possibilité offerte par la licence.
Libre arbitre	Droit de l'homme.
Libre-échange	Marché ouvert.
Licence	Libre pensée.
Lie	Fond de société.
	Couche du bas.
	Dépôt de fonds.
Lie-de-vin	Rouge de rouge.
Liégeois	Belge au café.
Lien	Cause de retenue.
	Trait d'union.
Liens	Cordes à nœuds.
Lieu	Une unité en règle.
Lieudit	Petit endroit.
Lieutenance	Charge militaire.
Lièvre à la royale	Bouquin de cuisine.
	Bouquin en préparation.
Lièvrier	Un fameux chien de chasse ?
Life	Une vie de canard.
Ligne	Vosgienne en bleu.
	Gardée par le régime.
	Passe à la gare.
	Trait tiré.
Ligne de mire	Va droit au but.
Ligue	Mariage de raison.
Lilliputien	Petit format de livre.

Mini-nana.	**Lilliputienne**
Terrain vague.	**Limbes**
Faux plafond.	**Limitation de vitesse**
Le bord des berges.	**Limite d'âge**
Matière première.	**Limon**
Dépôt de fonds.	
Emballage perdu.	**Linceul**
File… à l'anglaise.	**Line**
Définition en beaucoup de lignes.	**Linéature**
Pavé d'or.	**Lingot**
Bête à part.	**Lion**
Roi africain.	
Nourriture énergétique.	
Ficelons.	**Lions**
La lettre volée.	**Lipogramme**
Blé à Macaronis.	**Lires**
Pure fleur.	**Lis**
Elle peut l'endosser.	**Liseuse**
À ras bord.	**Lisière**
L'état des choses.	**Liste**
Réunion électorale.	
Partagé par la moitié.	**Lit**
Quai d'embarquement pour Cythère.	
Le chemin du cours.	
Base de repos.	
Portée à l'abri.	**Litée**
Masque à gaze.	**Litham**
Couche par terre.	**Litière**

Litre	Kif-kif kil.
Lits	Pages classiques.
Littérature	Reste verlainien.
Liturgie	Rit.
Livrée	Effets spéciaux.
	Costume pour la maison.
Livres (sterling)	Souverains anglais.
Livret	Histoire de l'opéra.
Location	Jouissance sans possession.
Locution	Formule standard.
	Mot à mots.
Lods	Droit de passage.
Loge	Porte-clé.
Logis	Demeure d'une fée.
Logo	Image de marque.
Logorrhée	Verbe actif.
Loi	Réunion d'articles de fond.
Longe	Trait à tirer.
Longévité	Manifestation de savoir-vivre.
Longrine	Porte-voie.
Look	Extérieur soigné.
Looping	Vol audacieux.
	Boucle en zinc.
Lorette	Fille du quartier.
	Fille de Notre-Dame.
	La proie du vieux lion.
Losange	Meuble pour des armes.
Loser	Champion des échecs.
Loterie	Le supplice de la roue.
Loto	Jeu de boules.

Un gros rapporteur qui ne vaut pas cher.	
Frappe.	**Loubard**
L'homme de la ferme.	**Loueur**
Fou populaire.	**Louf**
Follement rigolo.	**Loufoque**
Frappe en banlieue.	**Loulou**
Bar de restaurant chic.	**Loup**
A faim et froid.	
Sur la mer ou dedans.	
Aimait la mer et la grand-mère.	
Rate ou tumeur.	**Loupe**
Grossit à vue d'œil.	
La bête humaine.	**Loup-garou**
Lampe de mineure.	**Loupiote**
La porte du milieu.	**Lourde**
Martre richarde.	**Loutre**
Nourrice romaine.	**Louve**
L'amour du Rosbif.	**Love**
Carburant pour planeurs.	**L.S.D.**
Acide, même pris avec du sucre.	
Jour ouvrable.	**Lucarne**
Que le diable l'emporte !	**Luciférien**
La place du chat.	**Luette**
Faire des éclats.	**Luire**
Économie de bout de chandelle.	**Lumignon**
Buffet et canapés.	**Lunch**
Promesse en l'air.	**Lune**
Sol pour Armstrong.	
Attachée de cabinet.	**Lunette**

Siège dans un petit coin.

Lunettes Verres solidaires.

Lupuline Minette en herbe.

Lurette Belle du temps passé.

Lustre Temps… suspendu.

Luth Devait être pris par le poète avant de baiser.

Lutine Pelote.

Lutiner Faire dix doigts de cour.

Lutte Prises multiples.
Combat rapproché.
Activité gréco-romaine.
Finale internationale.

Lux L'associé de Fiat.

Luxation Problème d'articulation.

Luxe Bien du plaisir.

Luxure Licence de transport.

Luzernière Paradis lapin.

Lycanthrope Homme bête et méchant.

Lycanthropie Ne fait pas le loup de mer.

Lycaon Entre chien et loup.

Lys Fleur (rouge) de France.

M

Macache Pas du tout populaire.

Macadamiser Faire de la route.

Macfarlane Capote écossaise.

Machiavélique Très fort en calcul.

Voit le mâle partout.	**Machisme**
L'empire du mâle.	
Capote anglaise.	**Mackintosh**
Faire le mur.	**Maçonner**
Berthe mais pas Cendrillon.	**Macropode**
Vit sur un grand pied.	
Le fou d'Amérique.	**Mad**
Mère d'huile.	**Madone**
Vers galants.	**Madrigal**
Courant en rond.	**Maelström**
Pompe à air.	**Maestoso**
Pompe italienne.	
Grand chef.	**Maestro**
Réunion de familles.	**Maffia**
Roi à présent.	**Mage**
Amoureux d'une étoile ?	**Mages**
Lave en profondeur.	**Magma**
Huile enrichie.	**Magnat**
Caisse enregistreuse.	**Magnétophone**
L'air du large.	**Magnificence**
Monnaie de singe.	**Magot**
Pelote pour un bas de laine.	
Sont vilains ou sommes coquettes.	**Magots**
Hommes d'affaires.	**Magouilleurs**
Grand chef indien.	**Mahatma**
Temps libre.	**Mai**
Sage homme.	**Maïeuticien**
Ses côtes sont en vue.	**Maigre**
En dessous de la ligne.	

Mail	Long cours.
Maillot	Porte ou se porte.
Main	Pince à serrer.
	Tas de feuilles.
Main-forte	Concours de circonstances.
Mainmise	Prise de terre.
Mains	Font jouer les vilains.
Maire	Fait des ménages.
Mairie	Maison de notables.
Maisonnée	Réunion de famille.
Maître queux	Chef de batterie.
Maîtresse	Pour les petits enfants ou pour les hommes.
Majorette	Spécialiste de la canne à lancer.
Majuscules	Capitales d'Amérique du Sud.
Mal	Blanc de mauvaise humeur.
Maladresse	Mouvement de gauche.
Malard	Mec de cane.
Mâle	Monsieur bête.
	Couvreur.
Malédiction	Coup du sort.
	La force du destin.
Malformation	Un gros défaut et même un vice.
Malus	Police montée.
Manant	Vilain, pauvre et vieux.
Manche	Poignée de main.
Manchon	Sac à mains.
Mandale	Tarte à la poire.
Mandataire	Homme de pouvoir.
Mandat-carte	Message chiffré.

Jeunesse de chœur.	**Manécanterie**
Morts vivants.	**Mânes**
Bonnes âmes.	
Clef en main.	**Manette**
Fabrique de bouchons.	**Manif**
Fille des rues.	**Manifestante**
Vient du paradis.	**Maniguette**
Se mange par la racine.	**Manioc**
Enseigne à Rome.	**Manipule**
Rouge supérieur.	**Manitou**
Bouffe à l'œil.	**Manne**
Repas gratuit.	
Une femme modèle.	**Mannequin**
Mange des religieuses.	**Mante**
Souvent brouillon.	**Manuscrit**
Entreprise de ravalement.	**Maquillage**
Ravalement de façade.	
Ne produit pas que des navets.	**Maraîchère**
Jardinière de légumes.	
Mère de vinaigre.	**Marâtre**
Est très en dessous du niveau de la mère.	
Amateur de fruits défendus.	**Maraudeur**
Rotin d'Espagne.	**Maravédis**
Article en réserve.	**Marbre**
Pierre ou plomb.	
Pas nombreux.	**Marche**
Accompagnement musical.	**Marche funèbre**
A les pieds sur terre.	**Marcheur**
Exceptionnellement gras.	**Mardi**

Mare	Soupe aux canards.
Marge	Latitude.
	Hors-texte.
Marginale	La fille d'à côté.
	Hors classe.
Mari	Pigeon bagué.
Mariage	Pari mutuel.
Marie-jeanne	Fait du pétard.
	H aspiré.
Marihuana	Kif-kif kif.
Marina	Résidence de vedettes.
Marinade	Bain prolongé.
Marine	Peinture à l'eau.
Mariniers	Population flottante.
Marmaille	Enfants de troupe.
Marmot	Se croque avec le poireau.
Marmotte	Bête de somme.
Maroquinerie	L'affaire est dans le sac.
Maroufle	Il est grossier et elle est collante.
Marraine	Fille à soldats.
Marsouin	Dans l'eau ou dans la flotte.
Marteau	Piqueur dans la rue.
Marteau-pilon	Une grosse dame qui a l'air comprimé.
Martel	Souci en tête.
Martinet	Instrument à cordes.
Marxisme-léninisme	Colorant rouge.
Maryland	Fait un tabac en Amérique.
Mascara	Fond en larmes.
Mascarade	Spectacle de travestis.

Faux-semblant.	
Barre d'eau.	**Mascaret**
Barre pour le marin d'eau douce.	
Animal de compagnie.	**Mascotte**
Envoyée du Paradis.	
Jeu de mains.	**Massage**
En venir aux mains.	**Masser**
Travaille souvent sur des poids lourds.	**Masseur**
Femme à poigne.	**Masseuse**
Marchand de canons.	**Mastroquet**
Pavillon de détresse.	**Masure**
Gîte à la noix.	
Échec complet.	**Mat**
La mort annoncée d'un roi.	
Hombre et lumière.	**Matador**
Vache avec les toros.	
Entrée en matière.	**Matérialisation**
De quoi faire.	**Matériel**
Place aux jeunes !	**Maternelle**
Établissement de première classe.	
Vieux modèle de bouteille.	**Mathusalem**
Ont une table rien que pour elles.	**Matières**
Croisé souvent par hasard.	**Mâtiné**
La première séance.	**Matinée**
Ne sera pas dépassé.	**Maximum**
Pot au noir.	**Mazagran**
Type populaire.	**Mec**
Voix de garage.	**Mécano**
Rêve d'artiste.	**Mécénat**

Mécène	Trésorier du patronage.
Mèche	File en fumant.
Mécréant	Gentil mais infidèle.
Médecine	Douce avec les simples.
Médiateur	Homme du milieu.
Médicament	Pris en affection.
	Entre dans une administration.
Médisance	Mal dit.
Mégalopolis	Cité avec beaucoup d'exagération.
Mégaphone	Fait la grosse voix.
Mégot	Gitane écrasée.
Méhari	Roule toujours sa bosse du côté de Tamanrasset.
Meistre de camp	Ancien colon.
Mélancolie	Petit bourdon.
Mélangeons	Brouillons.
Mêlée	Réunion de rugbymen.
	Rencontre sportive.
Mélisse	Plante d'eau.
Mélodrame	Tragédie populaire.
	A abusé des pauvres orphelines.
Melting-pot	Lieu de rencontres.
Mémoires	Des comptes à régler ou, souvent, des règlements de comptes.
Ménage	Duo.
Mendicité	Manche.
Meneau	On peut le rencontrer croisant dans la baie.
Ménine	Petite dans la cour des grands.
Méninges	Travailleuses intellectuelles.

Bracelets pour la rousse.	**Menottes**
Plan de table.	**Menu**
Programme alléchant.	
Littérature alimentaire.	
Carte forcée.	
Pas appris par M. Jourdain.	**Menuet**
Fabrique de lames.	**Mer**
Partie de golfe.	
Parcourue par des loups.	
Morte au Moyen-Orient.	
Champ des sirènes.	
A des loups et des moutons.	
Marchand de pigeons.	**Mercanti**
Moteur pour rouler.	**Mercantilisme**
Reconnaissance de dette.	**Merci**
Une dame qui a des boutons.	**Mercière**
Videur d'école.	**Mercredi**
Gros savon.	**Mercuriale**
Cours ou discours.	
Postérieur à Cambronne.	**Merdre**
Bonne à Marseille.	**Mère**
Source de rejetons.	
Voix au chapitre.	**Méreau**
Pouvait apaiser une faim de loup.	**Mère-grand**
Couscous, les voilà !	**Merguez**
À louer.	**Méritant**
Valeur ajoutée.	**Mérite**
Petite vertu.	
Franc nouveau.	**Mérovingien**
Petit morceau de bois.	**Merrain**

Mésalliance	Acte de mariage.
Mésentente	Manque d'intelligence.
Mesquinerie	Action en baisse.
Mess	Cantine du P.C.
Messager	Délivre des poulets.
Messages	Mis en plis.
Mesure	Ce n'était pas toujours le pied, autrefois.
Métal	Étalon qui vaut de l'argent.
Météorologiste	Peut se planter en toutes saisons.
Méticuleux	Toujours aux petits soins.
Métissage	Croisement signalé.
Mètre	Pieds joints.
Métro	On y va à la rame.
	Français de France.
Métromanie	Fétichisme du pied.
Métropolitain	Habite chez sa mère.
	Bas-fonds de Paris.
Metteur en scène	Entrepreneur de travaux publics.
Meuh	C'est vache de dire ça !
Meunerie	Un travail écrasant.
Meunier	La chanson le faisait dormir.
Meurtrière	Femme fatale.
Meurtrissure	Marque de pain.
Mi	Diviseur.
Miam-miam	Bouffe des lardons.
Micmac	Pastis ou salade.
Micro	Donne plus de voix.
Microclimat	Temps partiel.
Microphone	Porte-parole.

Roi-soleil.	**Midi**
Molle dans les miches.	**Mie**
Cœur tendre.	
Mystère russe.	**Mig**
Troupe d'amateurs.	**Milice**
Bande de protection.	
Homme en cellule.	**Militant**
Combattant civil engagé.	
Date de naissance.	**Millésime**
Tas de briques.	**Milliard**
Richard.	**Milliardaire**
Bâton d'argent.	**Million**
Don d'imitateur.	**Mimétisme**
Guère épais.	**Mince**
Grise quand elle vient du froid.	**Mine**
Recherchée par le dragueur.	
Bonne avec des couleurs.	
Tient tête.	**Minerve**
Soupe aux Macaronis.	**Minestrone**
Travailleur au noir.	**Mineur**
Proche du micro.	**Mini**
Modèle réduit.	**Miniature**
Réduction à la tête du client.	**Miniaturisation**
Peinture de guère.	**Minimalisme**
Tôt ou tard.	**Minuit**
Vaut bien une messe.	
Un type nul en latin.	**Minus habens**
Le temps des cocottes.	**Minute**
Tenir compte du temps qui passe.	**Minuter**
Tour de garde.	**Mirador**

Mire	Point à la ligne.
Mirettes	Châsses.
Miroton	Un effet bœuf.
Misanthrope	Ours savant.
Miscellanées	Variétés de culture.
Mise	Pot d'argent.
	Poule de tripot.
	Cave pleine de liquide.
	Poule nourrie au blé.
Mise en scène	Présentée sur un plateau.
Miséricorde	Sœur de charité.
Miss	Reine de France mais pas d'Angleterre.
	Petite reine.
	Produit de beauté.
Mission	Mandat reçu.
Missionnaire	Nourriture de sauvages.
Mitard	Peine supplémentaire.
Mithridatisation	Moindre mal.
Mitraille	Des balles ou des sous.
Mitrailleurs	Tireurs en bandes.
Mitron	Dauphin dans le pétrin.
Moa	Bibi de clown.
	Sacha pour Sacha.
Mobilisation	Ça fait beaucoup de rappels pour la générale !
	Rentrée des classes.
Mode	Affaire à suivre.
Modéliste	Homme de robe.
Modernisation	Cure de rajeunissement.

Art floral.	**Modern style**
On l'a dans l'os.	**Moelle**
Mauvaises en affaire.	**Mœurs**
État du Soleil.	**Moi**
Bras raccourcis.	**Moignons**
Quarante à l'heure.	**Moins vingt**
Faire le poireau avec des champignons.	**Moisir**
Pépé Gabin.	**Moko**
Lune dans l'eau.	**Môle**
Variété de fraise.	**Molette**
Nana, titi ou bébé.	**Môme**
Conservée avec sa bande d'origine.	**Momie**
Police périmée.	**Mondaine**
Ces dames au salon !	**Mondaines**
Jeux de société.	**Mondanités**
Unique.	**Mono**
Un verre à l'œil.	**Monocle**
Se contente d'une moitié.	**Monogame**
Pari couplé.	**Monogamie**
Un chiffre et des lettres.	**Monogramme**
Se faire des relations.	**Monologuer**
Théorie plutôt gaie.	**Monôme**
Oui ou non ?	**Monosyllabe**
C'est le pied !	
Sous l'uniforme.	**Monotone**
Blanc crémeux.	**Mont**
Chauve en musique.	
Femme de la haute.	**Montagnarde**

Mont-de-piété	Vieux clou.
Montreur	Exhibitionniste.
Moral	Oscille entre le zéro et le beau fixe.
Morale	Leçon de conduite.
Morasse	Épreuve finale.
Morfil	Barbe dure.
Morgue	Salle d'attente.
	Chambre froide.
	On y met le feu.
	Glaçante mais quand même préférable dans le sens de la hauteur.
Moribond	Est encore en train de râler !
Morigène	Gourmande.
Morion	Espèce de salade très relevée.
Mornifle	Tarte sèche.
Morsure	Rage de dents.
Mort	Cessation d'activité.
	Vedette du dernier acte.
	Feu sans chaleur.
Morte-saison	Chômage technique.
Morve	Chandelle à moucher.
Mot	Petit bout de langue.
	Laissez-passer.
Motel	Maison de repos.
Motif	Bon pour le mariage.
Motivation	Auto-mobile.
Moto	Véhicule de la pensée japonaise.
Mots	Ne se croisent pas dans le noir.

Mauvais payeurs.	
Rasée par les mal élevés.	**Motte**
Se rase en avion.	
La ferme.	**Motus**
Tendre mais pas tendu.	**Mou**
Se bourre avec des craques.	
Jalousie orientale.	**Moucharabieh**
Coup de cafard.	**Mouchardage**
Domestique qui vole.	**Mouche**
Purée sans beurre.	**Mouise**
Très ancien.	**Moult**
Si on ne s'en fait pas, on ne s'en fait pas.	**Mouron**
Jeu de mains.	**Mourre**
Purée très épaisse.	**Mouscaille**
Jeune loup.	**Mousse**
Faux col.	
Bleu de la mer.	
Verdi dans les bois.	**Moussu**
Cafard de détenu.	**Mouton**
Pour ou contre.	**Moyennant**
Remplacer un accent aigu par un accent grave.	**Muer**
La ferme… ou le vieux pavillon de chasse.	**Muette**
S'exprimer vachement bien.	**Mugir**
Faire un brin de cour.	**Mugueter**
Fils croisés.	**Mulâtres**
Pompes papales.	**Mules**
Fait voir rouge.	**Muleta**

	Fait passer au rouge.
Multimilliardaire	Pèze très lourd.
Multiplication	Une opération qui fait grossir.
Municipalité	Les lumières de la ville.
Munition	Son pain était du pain de campagne.
Mur	Élevé en prison.
Muraille	Tour à tours.
	Chinoise bien élevée.
Muscade	Une noix de leurre.
Muscat	Cru cuit.
Muse	Pousse aux rimes.
Musée	Cabinet particulier.
Mussitation	Fait parler pour ne rien dire.
Mutin	Marin déboussolé.
Mutisme	Mine d'or.
Myrmidon	Petit vieux.
Mystification	Blague à part.

N

Nabab	Huile enrichie.
Nacelles	Paniers de saucisses.
Nacht	Nuit aux Allemands.
	La nuit de Walpurgis.
Nacre	Sortie de sa coquille.
Naevus	Envie permanente.
Nage	Agitation en plein cours.
	Avance en liquide.

Divine au lit.	**Naïade**
Moindre mâle.	**Nain**
Fausse mineure.	**Naine**
Peuple des parcs.	**Naissain**
Sujet du premier acte.	**Naissance**
Sortie ou arrivée.	
Se séparer de sa mère.	**Naître**
Rossignol.	**Nanar**
Réduction exceptionnelle.	**Nanisme**
Intéressé par les abeilles.	**Napoléonien**
Glacée sur tranche.	**Napolitaine**
Duo en solo.	**Narcissisme**
Abus de glaces.	
Somme pour la cure.	**Narcose**
Petite morveuse.	**Narine**
Source de roupies.	
Trous pour la fumée.	**Narines**
Arrivent souvent dans un mouchoir.	
Spécialiste des relations publiques.	**Narrateur**
Proustien chez Proust.	
Une femme qui rapporte.	**Narratrice**
Rattraper le temps perdu.	**Narrer**
Voie sacrée.	**Narthex**
Un coup dans le nez.	**Nasarde**
Panier repas.	**Nasse**
Prise de pouvoir.	**Nationalisation**
État dans l'État.	**Nationalité**
Nom d'origine.	

Natte	Fausse couche.
Natter	Faire la queue.
Naturaliste	Artiste du cru.
Nature	Morte à cause d'un artiste.
Nature morte	Conservée dans l'huile.
Naturisme	Doctrine de sans-culottes.
	Jeteur de short.
Naufrage	Plongée sous-marine.
Naufrageur	Rat de marée.
	Exploiteur des bas-fonds.
Naumachie	Pièce d'eau.
Naupathie	Effet de vagues.
Nausée	Barbouilleuse existentialiste.
	Préavis de renvoi.
Navaja	Piquait les Espagnols au vif.
Nave	Cornichon en fleur.
Navet	Racine au cinéma.
Navigateur	Occupe un poste de direction à Air France.
Navigation	Avance en liquide.
Néanmoins	Modifié en énoncé.
Néant	Une fin en soi.
	Lieu de perdition.
	Point de non-retour.
Nécessaire	Bagage à main.
Nécessité	Gros besoin à satisfaire d'urgence.
	Législatrice.
Nécessiteuse	Elle est raide celle-là !
Nécrologie	Liste des partis.

Un petit morceau de canard sur le feu.	
Recherche des lumières entre les ombres.	**Nécromancie**
Impression sur tissu.	**Nécrose**
Sifflé par les dieux ou pompé par les ouvrières.	**Nectar**
Entre Scarron et Aubigné.	**Née**
Ne coule pas à Paris.	**Nef**
Les fruits du refus.	**Nèfles**
Plumes de dessous.	**Nègres**
Ébéniste de la marine.	**Négrier**
Bourreau de travail.	
Trafiquant du marché noir.	
État noir.	**Négritude**
Blanchisseuse de cols.	**Neige**
Cache-col.	**Neige (tempête de)**
Du monde au balcon.	**Nénés**
Passée à la caisse.	**Nénette**
Chants du départ.	**Nénies**
Refus du passé.	**Nenni**
Point à l'ancienne.	
Réanimateur.	**Néo**
Utilisé pour la restauration.	
Revenez-y.	
Mot d'auteur.	**Néologisme**
Mot composé.	
Fête de quartier.	**Néoménie**
Se fait souvent entuber.	**Néon**
Frais professionnels.	**Néophytes**

Népotisme	Fromagerie familiale.
Néréide	Beauté de la mer.
Nerfs	Victimes de la guerre.
Nervi	Simple exécutant.
Nervures	Dures de la feuille.
Net	Hors des vagues.
Neuf	Fournit des preuves.
Neurasthénie	Gros bourdon.
Neurasthénique	Abattu sans sommation.
	Vit dans le noir.
Neurone	Cellule de crise.
Neutralisation	Opération qui rend impuissant.
Neutre	Hors de combat.
Neuvaine	Chapelet de jours.
	Compte pour la retraite.
Névé	Glace sans tain.
	Alimentation congelée.
	Eau glacée.
Neveu	Rameau adjacent.
Névrite	Crise de nerfs.
Nez	Appendice d'une tirade.
	Monture de lunettes.
Ni	Doublé en peau de chien.
Niche	Tour de ficelle.
Nichet	Œuf dur.
Nicotine	Poison fumé.
	Empoisonneuse en herbe.
Nid	Œuvre pie.
Nidification	Préparation à base d'œufs.
Nihil obstat	Feu vert.

Zéro en anglais.	**Nil**
Il grandira car il est espagnol.	**Niño**
État bouddhiste difficile d'accès.	**Nirvana**
État des Indes.	
Rase-mottes.	**Nivelage**
Rasage.	**Nivellement**
Temps neigeux.	**Nivôse**
Étrangère au service des eaux.	**Nixe**
Le choix des armes.	**Nobiliaire**
Présente les armes.	
Ont des armes à la maison.	**Nobles**
Permis de port d'armes.	**Noblesse**
Fan de java.	**Noceur**
Point du jour.	**Noctambule**
Chouette dans l'œuvre de Chopin.	**Nocturne**
A de la branche.	**Nodosité**
Dans l'eau ou dans le bois.	**Nœud**
Tours de corde.	
Papillon sur une limace.	
Coulant dans les lacs.	
Se filent à la mer.	**Nœuds**
Café au café.	**Noir**
Un pied déraciné.	
Moreau au paddock.	
Foncer au maximum.	**Noircir**
Fait la gueule au mineur.	**Noire**
Querelle de chercheurs.	**Noises**
On la trouve au gîte.	**Noix**
Compte pour du beurre.	

Noli me tangere	Impatiente et… susceptible.
Nom	Propre avec Lux ou Ariel.
	Cadeau de mariage.
	Propriété de famille.
	Donné par reconnaissance.
No man's land	Terrain vague.
	Interlignes.
Nombril	Centre du monde.
	Marque d'attachement.
Nomenclature	État des choses.
Nomenklatura	Gros bonnets russes.
Nomenklaturistes	Consommateurs de fromages russes.
Nomination	Fait appel.
	Mention très honorable.
Non	Fin brutale.
Non-dit	À lire entre les lignes.
Nord	En pôle position.
Nord-est	Direction assistée.
Noria	Chaîne de montage.
Normalien	Figure de haute école.
Nosographie	Jeux de maux.
Note	Jugement de valeur.
	Petite addition.
	Un minimum d'air.
Notes	Le fond de l'air.
Notoriété	Accompagné de la trompette.
Nouille	Un style… pâteux.
Nounou	Base d'alimentation.
	Voie lactée.

Animal de compagnie.	**Nounours**
Réserve de lait ou d'essence.	**Nourrice**
Au nom du Roi.	**Nous**
Petits faits.	**Nouveau-nés**
Mise sur le neuf.	**Novateur**
Refroidissement à eau.	**Noyade**
Centre de pêche.	**Noyau**
Eau gazeuse naturelle.	**Nuage**
Couverture légère.	
Flotte aérienne.	
Moutons blancs.	**Nuages**
Temps d'un temps.	**Nuaison**
La petite différence.	**Nuance**
Est à l'aise mais n'a jamais d'argent de poche.	**Nudiste**
Abat-jour.	**Nuit**
Conseillère noire.	
Point.	**Nullement**
Un vert à l'œil.	**Numéro**
Bon à tirer.	
A la cote.	**Numéroté**
Intéri… mère.	**Nurse**
Bonne berceuse.	
Condition de vie.	**Nutrition**
A des problèmes d'assiette.	**Nutritionniste**
Le jour et la nuit.	**Nycthémère**
Souvent en bas ou en dessous.	**Nylon**

O

Oasien	Insulaire de la mer de sable.
Oasis	Aire de stationnement pour les caravanes.
Obéissance	Obligation militaire.
	Devoir d'écolier.
Obéissez	Conseil de discipline.
Obèse	Corps gras.
	Type hors ligne.
	Homme de lard.
Obésité	Arrondissement très important.
	Cause de panne.
Obi	Ceinture jaune.
	Tournait autour de Madame Butterfly.
Obit	Culte du souvenir.
Obligeant	Bon pour le service.
Obnubilation	La tête dans les nuages.
Obole	Modeste mais pas très généreuse.
Obscurantiste	Travailleur au noir.
	Sombre imbécile.
Obscurité	Recherchée pour certains développements, déplorée en d'autres.
Obséquiosité	Spécialité du patelin.
Observance	Pratique.
Observatoire	Point de vue très objectif.
Obsession	Est toujours en tête.
	Suite dans les idées.
Obsidional	Attaché au siège.

A perdu son emploi.	**Obsolète**
Constructeur de barrages.	**Obstructionniste**
Bouchons.	**Obturons**
L'homme de l'ouest.	**Occidental**
Le derrière du chef.	**Occiput**
Rarement clair quand il est illuminé.	**Occultiste**
Mer supérieure.	**Océan**
Indien du Bengale.	
Somme pour des Suisses.	**Octante**
Huit en version latine.	**Octo**
Contrôle routier.	**Octroi**
Ancien détrousseur de barrières.	
Points de vue.	**Oculi**
Bouquet de fleurs.	**Odeur**
Manifestations florales.	**Odeurs**
Marche au pas.	**Odomètre**
L'argent ne compte pas pour lui.	**Odorat**
Suite de coups.	**Œdème**
Se poche au beurre noir.	**Œil**
Fermé la nuit.	
Un jour à la ferme ?	**Œil-de-bœuf**
Cor de chasseur à pied.	**Œil-de-perdrix**
Invitation à l'œil.	**Œillade**
Souvent jetées enflammées.	**Œillades**
Incendiaires qui font appel.	
Trou de pompe.	**Œillet**
Révolutionnaires portugais.	**Œillets**
Œillets maritimes.	**Œils-de-pie**
Touche des ronds.	**Œnilisme**

Œnologie	Domaine viticole.
Œnothère	Convient aux ânes quand il est moins savant.
Œstre	Mouche des naseaux.
Œuf	Coco en vente libre.
	Lieu de naissance.
	Un endroit où l'on étouffe.
Œufs	Ponte.
Œuvre	Sortie d'artistes.
	Au noir pour une dame en vert.
Œuvres complètes	Font des sommes.
Œuvres mortes	A la coque mais sans eau.
Off	La voix de l'homme invisible.
Offense	Blessure avec hémorragie interne.
Offertoire	Partie de l'office avec du pain et du vin.
Officiers	Les ficelles du métier.
Offre	Ouverture du marché.
Ogive	Tête de mort.
Ogre	Avaleur qui n'attendait pas le nombre des années.
Oie	Porte-plume pour écrire à l'ancienne.
Oignons	Affaires personnelles.
Oil	Pétroleuse.
Oiseau	Coucou ou zizi.
	L'avis de César.
Oiseau-lyre	Vole au secours du poète ?
Oisellerie	Le couvent des oiseaux
Oisillon	Piaf à ses débuts.

Ne fait pourtant rien pour être mère.	**Oisiveté**
Petit frère de Charles Perrault ?	**Oison**
Baigne dans l'huile.	**Oléine**
Fromage de tête.	**Oligarchie**
Marché couvert.	**Oligopole**
Parasol de jardin.	**Ombelle**
Souvenir de la prime jeunesse.	**Ombilic**
Point central.	
Chevalier du lac.	**Omble**
Point noir mais pas claire.	**Ombre**
Chinoiserie inconsistante.	
Fin de série.	**Oméga**
Eurasienne en cuisine.	**Omelette**
A souvent des lardons avant même de se faire sauter.	
Donne le choix entre l'or et le plomb.	**Omerta**
Ici l'on pèche.	**Omission**
Évite de comprendre.	
Passage à vide.	
Puits sans fond.	**Omniscience**
Pleine de lumière.	
Mange-tout.	**Omnivore**
Porte-parole.	**On**
Producteur de salades.	
Prête-nom.	
A l'origine de la nouvelle vague.	
Raconteur d'histoires.	
Source de nuisance.	

Onagre	Appareil de projection.
	Lance-pierres.
Once	Un peu de vieux marc.
Onciale	Grande capitale.
Oncle	Est en ménage avec une tante.
Ondée	Chute d'eau.
	Sauce courte.
	Flotte dans l'air.
Ondes	Des ronds en liquide.
On-dit	Bourdonnement d'oreilles.
Ondoiement	Bon arrosage.
	Nom de baptême.
Onduler	Faire de la tôle.
Oneilles	Portugaises pour un Roi de Pologne.
One man show	Repose sur un seul clou.
	Variétés sans variété.
Ongles	Les limites de l'esprit.
	Des petits vernis.
Onomastique	Étude hors du commun.
Onomatopée	Issue du son.
Onomatopées	Bruits de langue.
	Des bruits rapportés.
Onychophagie	Fait apprécier les repas pris sur le pouce.
Onze	L'heure du bouillon.
	Lettres d'Aude.
O.P.A.	Attaque de prédateur.
Opaline	Verre de lait.
Ope	Passe-muraille.

Otello mais pas Othello.	**Opéra**
Idéal pour un dîner-spectacle.	**Opéra bouffe**
En état de marche.	**Opérationnel**
Coiffe de mousse.	**Opercule**
Dédé mais pas Lulu.	**Opérette**
Véronique mais pas Louise.	
Tissu de veste réversible.	**Opinion**
Grincements de girouettes.	**Opinions**
Vis serrée.	**Oppression**
Illusion d'optique.	**Optimisme**
Abus de confiance.	
Homme de confiance.	**Optimiste**
On y nage avec beaucoup d'aisance.	**Opulence**
Base d'alliance.	**Or**
Ses livres sont écrits en collaboration.	
Son livre est couvert d'éloges.	
Donne soif.	
Du veau ou des œufs.	
Souvent plaqué.	
Grain éclaté.	**Orage**
Allume l'électricité.	
La chaire est toujours triste avec elle.	**Oraison funèbre**
Salutations distinguées.	**Oraisons funèbres**
Couronnes mortuaires.	
Procès verbal.	**Oral**
Voie de la voix.	**Orale**
Pris entre deux feux.	**Orange**

Oranger	Fleur de la vierge.
Orant	N'en finit pas de prier.
Oratoire	Chambre d'autel.
Orbite	Une place à l'œil.
Orchestration	Travail en plein air.
Orchestre	Fosse commune.
Ordinaire	Du courant au standard.
	Nourriture de soldat.
Ordinal	Point cardinal.
Ordonnance	Lettre de cachets.
	Conseil d'administration.
Ordonnateur	Régleur de pompes.
	Figure d'enterrement.
Ordonné	Imposé au maximum.
Ordres	Monde de piété.
Ordures	Ménagères dans leurs boîtes.
	Mises en boîtes ou jetées dans le vide.
Orée	Rencontrée au coin d'un bois.
	N'a qu'un côté en bois.
Oreillard	Propriétaire de grands pavillons.
Oreille	Entrée de l'air.
Oreiller	En amont du lit.
Organe	Création de fonction.
Orge	Pur malt.
Orgeat	Adoucisseur d'eau.
	Boisson d'eau douce.
Orgueil	Gonfleur.
	A fait du cheval en Bretagne.
Orient	Est poétique.

Grand pour une loge.	
Extrêmement… jaune.	**Oriental**
A beaucoup fréquenté les bains turcs.	**Orientaliste**
Guide professionnel.	**Orienteur**
Signes particuliers.	**Originalités**
Oreille dure.	**Orillon**
Fait de l'ombre au poireau.	**Orme**
A des dessous en lapin.	
Chemin très fréquenté.	**Ornière**
Marque de tracteur.	
Quand tout le monde travaillait à la chaîne.	**Orogenèse**
Haute étude.	**Orographie**
Victime de la fièvre jaune.	**Orpailleur**
Signes extérieurs de richesse.	**Ors**
Pouce-pied.	**Orteil**
Pouce en bas.	
C'est surtout le gros qui se tape la goutte.	
Reste en ligne.	**Orthodoxe**
Distribution des lettres.	**Orthographe**
Remède pour les pigeons.	**Orviétan**
Drogue de la filière italienne.	
Placebo d'origine italienne.	
Variété de cactus.	**Os**
Carpe mais pas dans un bassin.	
A un intérieur délicieux.	
Fait hic.	
Cubitus ou cactus.	

Oscar	Prix de faveur.
Oscillation	Mouvement de pendule.
Oscule	Pore de mer.
Osmose	Trafic d'influence.
Ostentation	Étalage tout en hauteur.
	Étalage trop chargé.
Ostéopathe	Réparateur de charpentes.
Ostracisme	Force de frappe.
	Phénomène de rejet.
Ôte	Sucre.
Ottomane	Canapé du Divan.
	Siège à la turque.
Ouate	Est coton à se mettre dans l'oreille.
	Celle-là, on s'en tamponne !
Oubli	Laissez-passer.
Oubliette	Un endroit très discret.
Oubliettes	Fonds secrets.
Oued	Lit arabe.
	Cours séché.
Ouf	Le son des soupirs.
Oui	Aveu.
	Feu vert.
Ouï-dire	Ne retient pas l'attention des sourds-muets.
Ouïes	Filtres à eau.
Ouille	Vaut l'aïe.
Oukase	Un ordre rigoureux.
Ours	Bêtement misanthrope.
Oust	Utilisé par le chasseur.

Accompagne le partant.	
La clé du garage.	**Outil**
Travaille en usine.	**Outillage**
Force ouvrière.	
Clefs en main.	**Outils**
Gonflette.	**Outrance**
A tendance à grossir.	**Outrancier**
Abus de confiance.	**Outrecuidance**
Aller dans l'au-delà.	**Outrepasser**
Au-delà des mémoires.	**Outre-tombe**
Jour important.	**Ouverture**
N'est belle que s'il est bien soigné.	**Ouvrage**
Rapproche l'homme du singe.	**Ouvre-boîte**
A la cheville forte.	**Ouvrière**
Boîte à couture.	**Ouvroir**
Se trouble devant les Grecs.	**Ouzo**
Faux rond.	**Ovale**
Tabac prisé.	**Ovation**
Claque retentissante.	
Accompagnent le tabac.	**Ovations**
Contributions directes pour le tabac.	
Manifestation de soutien.	
Relief d'œuf.	**Ove**
Œuf dur.	
Dépassement dangereux.	**Overdose**
Trop-plein.	
Fait un effet bœuf chez les moutons.	**Ovibos**

Oviducte	Laisse passer de grosses coquilles.
Ovni	Mystère dans le ciel.
	Un mystère qui vole.
Ovule	Véhicule cellulaire.
Oxygénée	Eau forte.

P

Pacification	Guerre et paix.
Pacte	Marché couvert.
Pagne	Jupe noire.
Paie	Le salaire de labeur.
	Mesure du temps passé.
Païen	Hors la foi.
Paille	Tige de botte.
Pain	Nom de famille du bâtard.
	Son absence allonge le jour.
	Quotidien digne de foi.
Paître	Déjeuner sur l'herbe.
Palan	Ses actions sont en hausse.
Palémon	C'est le bouquet !
Paléontologue	Fan des dinosaures.
Palets	Pierres glissantes.
Palimpseste	Lettres en surcharge.
Palindrome	N'a que de bons côtés.
Palinodies	Orientations politiques.
Palmarès	Tableau de prix.
	Bouquet de lauriers.
Palme	Feuille académique.

Victoire remportée.	
A bon cœur.	**Palmiste**
A du chou.	
Vénus sortant de la mer.	**Palourde**
Cœur populaire.	**Palpitant**
Souvenir des colonies.	**Palu**
Main courante.	**Paluche**
Marais chez Gide.	**Paludes**
Lignes d'attaque.	**Pamphlet**
Rédacteur de procès verbaux.	**Pamphlétaire**
Un écrivain vachement doué.	
Fait un boulot éreintant.	
Queue de limace.	**Pan**
Marque de coup.	
Coup de feu.	
Guérisseuse.	**Panacée**
Point de ralliement.	**Panache**
Soupe ou purée.	**Panade**
Permission de détente.	**Pandiculation**
Homme de loi.	**Pandore**
Cuite gratinée.	**Panée**
Bien exprimé.	**Panégyrique**
Fabricant de couronnes.	**Panégyriste**
La porteuse de pain.	**Panetière**
Moyen de transport.	**Panier**
Auto-stoppeuse.	**Panne**
Rade.	
Bon tour de cochon.	
Fait tourner en tournant.	**Panoramique**
Bander pour une infirmière.	**Panser**

Pantalon	Jean le bleu.
Pantalonnade	Pièce à effets.
Pantalons	Pièces en costumes.
Pante	Espèce de cave.
Pantouflard	Porté sur les mules.
	Pot-au-feu à la charentaise.
Pantoufles	Charentaises de l'intérieur.
Papa	Un homme à la mère !
Paperasse	Tas de feuilles mortes.
Papier carbone	Bisse-copie.
Papyrus	Faux papier.
Paquet	Pied de table.
Parachronisme	Toujours en retard.
Parachutes	Points de suspension.
Parachutiste	Tombe des nues.
Parallélépipède	Cubiste.
Parasitologie	Comprend la totologie ?
Paratonnerre	Préservatif à la maison.
	Appareil électrique.
	Sujet aux coups de foudre.
Parc	Zoo et forêt.
	Enceinte d'un petit enfant.
Pare-étincelles	Garniture de cheminée.
Parent	Le neveu de Rameau.
Parentèle	Réunion de famille.
Parer	Améliorer l'ordinaire.
Parère	Garantie de l'emploi.
Pari	Confiance en l'avenir.
Parieur	Engagé volontaire.
Parisianisme	Caractère en capitale.

Bavette taillée.	**Parlotte**
Prendre en charge.	**Parodier**
Grossit dans ses effets.	**Parodiste**
Il l'emporte à l'office.	**Paroissien**
Ne travaille pas toujours au grand air.	**Parolier**
Protection rapprochée.	**Parrainage**
Homme d'équipe.	**Partenaire**
Il n'y a pas de mâle à ça.	**Parthénogenèse**
Immaculée conception.	
Charnière à rallonge.	**Particule**
En allée.	**Partie**
Paire de manches.	
Page de notes.	**Partition**
Travail de femme.	**Parturition**
A point.	**Paru**
Nous font marcher.	**Pas**
Fait au pied levé.	
Tours de vis.	
Perdus dans une salle.	
Vaut un point.	
Prix d'entrée.	**Pas-de-porte**
Personne déplacée.	**Passager**
L'homme de la rue.	**Passant**
Temps mort.	**Passé**
Lustres éteints.	
Carnet de voyages.	**Passeport**
Laisser-aller.	**Passivité**
Garde champêtre.	**Pasteur**
Fausse identité.	**Pastiche**

Pastis	Apéritif ou salade.
Pastourelle	Petite bergère ancienne.
	L'air de la campagne.
Pataquès	Liaison contre nature.
	Cuir de vache espagnole.
Patatras	C'est la chute de l'histoire.
Patchwork	Morceaux choisis très étoffés.
Pâté	Œuvre de chair.
	Groupe immobilier.
Pâtée	Soupe ou ratatouille.
Patelle	Bernique !
Paternel	Vieux… mâle.
Paternité	Prétention masculine.
Patine	Couche chez un antiquaire.
	Chasse dans la neige.
Pâtissier	Papa gâteau.
Patrimoine	Fait du bien.
Patriote	Toujours prêt à défendre sa mère.
Patron	Saint ou singe.
Patronage	Son théâtre a des amateurs.
	Couverture protectrice.
Patronyme	Repassé en famille pour être porté longtemps.
Patrouille	Tour d'observation.
Patte	Pied de grue.
	Un des favoris du chef.
Paume	Carte du destin.
Paupière	Se voit mieux en fermant l'œil.
Paupières	Fermées pour cause de décès.
Pause	Break français.

Arrêt au café.	
Femme de mauvaise vie.	**Pauvresse**
Vœu pieux.	**Pauvreté**
Ouvrage de dame.	**Pavage**
Le supplice de la roue.	**Pavés du Nord**
Demeure en banlieue.	**Pavillon**
Bas de Hollandaises.	**Pays**
Artiste en vue.	**Paysagiste**
De Paris et d'Aragon.	**Paysan**
Animateur d'une partie de campagne.	**P.C.**
Huile industrielle.	**P.-D.G.**
La victoire en chantant.	**Péan**
Énergie nouvelle.	**Pêche**
Chasse d'eau.	
N'est mignon que s'il est tout petit.	**Péché**
Lieu à lieu.	**Pêcherie**
Fruits ou poissons.	**Pêches**
Blé glané.	**Pécule**
Ne s'occupe pas que de ses oignons.	**Pédicure**
Livret de famille.	**Pedigree**
Lie de milieu.	**Pègre**
Donne des coups sur la tête.	**Peigne**
Chiffons de papier.	**Peilles**
L'homme tranquille.	**Peinard**
Civil hors de Chine.	**Pékin**
Civil avec les militaires.	
Voyage à thème.	**Pèlerinage**
Un sacré bout de chemin.	

Pélican	A la tripe paternelle.
	Garde-manger familial.
Pelisse	Cache-peau.
	Peau d'homme.
Pelletée	Prise de terre.
Pellicule	Tombe du chef.
Pelotage	Jeu de mains.
Peluche	Peau d'ours.
Pelure	Papier en double.
Pemmican	Bison fumé.
Pénates	Maison meublée.
Pendaison	Prise au collet.
	Affaire en suspens.
Penderie	Réunion d'affaires.
Pendre	Mettre au clou.
Pendu	Danseur de corde.
	Gibier de potence.
	Retenu en haut lieu.
Pendule	Nid de coucou.
Pêne	Joue avec les clés.
Pénitence	Réparation à faire.
Pense-bête	Bouche-trou.
Pensum	Travail forcé.
	Type de corvée.
Pentacle	Étoile de la magie.
Penthiobarbital	En vérité, est-il vraiment efficace ?
Pentu	A une bonne descente.
Pep	Allant… en Amérique
	À base de punch.

Variété de pêche.	
Punch américain.	
L'homme tranquille.	**Pépère**
Se calme en sifflant.	**Pépie**
Pas dans la salle.	**Perdus**
Être homme de bien ne lui suffit pas.	**Perfectionniste**
A toujours mieux à faire.	
Homme de progrès.	
Ligne périphérique.	**Périmètre**
Fait du porte à porte à Paris.	**Périphérique**
Poudre à éberluer.	**Perlimpinpin**
Pièce pour la voiture.	**Permis**
Feu vert.	
Liberté provisoire.	**Permission**
Fouilles officielles.	**Perquisition**
Gardien de but.	**Persévérant**
Huile appréciée.	**Persona grata**
Reçue cinq sur cinq.	
Particulier ou effectif.	**Personnel**
Bouillon bu.	**Perte**
Embauche pour la débauche.	**Pervertisseur**
De la braise dans les foyers espagnols.	**Pesetas**
Gourde de Dominicain.	**Peso**
Cause des fuites.	**Pestiféré**
Un vent que l'on sent passer.	**Pet**
Vent contrariant.	
Se fait discrètement ou bruyamment.	

	Vent qui défrise.
	Un bruit qui ne serait pas sans fondement.
	Tour de guet.
	Le bruit du vent.
Pétante	Juste à l'heure.
Pétarade	Un bruit qui court.
Petitesse	Réduite à la modicité.
Pétition	Œuvre collective.
Peton	Petit pied.
Pétrin	Moulin de la galette.
	Centre de formation pour la boulangerie.
Pétrole	Or noir ou bleu.
Peu	Nom de guère.
	Ne nous fait pas grand-chose.
Peur	Pleine de jetons.
	Grande bleue.
Peureux	Collectionneur de jetons.
Phallocratie	L'empire du mâle.
Phare	Guide maritime.
	Tour des bords de mer.
Phénix	Spécialiste de la renaissance.
Philanthrope	Grand bien vous fasse !
Philatéliste	Fidèle aux postes.
Philtre (d'amour)	Boisson chaude.
Phlyctènes	Effets de manches.
Phonographe	Ancien aiguilleur de l'air.
	Laboureur de sillons.
Photo	Cliché journalistique.

Style en pire.	**Phraséologie**
Développe des clichés.	**Phraseur**
Faisait partir au galop.	**Phtisie**
Fait des bulles.	**Phylactère**
Ballon captif.	
La science regardée en face.	**Physiognomonie**
Un chiffre dans les lettres.	**Pi**
Rien à voir avec les impatiences d'Édith.	**Piaffements**
Une façon d'aller sans risques en Italie.	**Piano**
Livré par le facteur.	
Café-concert.	**Piano-bar**
Pot de vin.	**Pichet**
Filets de soles.	**Picots**
Langue farcie.	**Pidgin**
Margot est son nom de plume.	**Pie**
Rond de ronds.	**Pièce**
Montée sur une table ou se monte sur un plateau.	
Prise dans la mitraille.	**Piécette**
Joue mal ?	**Pied**
Collet monté.	**Piège**
Naît dans un chou.	**Piéride**
N'a pas toujours été polie avec nos ancêtres.	**Pierre**
Son mont est chez ma tante.	**Piété**
Obstacles à la circulation urbaine.	**Piétons**
Sage femme.	**Pieuse**
Flair du blair.	**Pifomètre**

Pigeon	Vole au jeu.
	Lampiste.
Pigeonnier	Chambre pour tourtereaux.
Piler	Préparer le menu.
Pilifère	À poil.
Pili-pili	Brûle gueule.
Piller	Emporter dans un sac.
Piment	Incendiaire du palais.
Pin	Essence de térébenthine.
	Faux pommier.
Pinaille	Chinoise.
Pinard	Trop populaire pour être du château.
Pinardier	Met du vin dans sa flotte.
Pince-sans-rire	Drôlement froid.
	Marrant glacé.
Pingouins	Habitants de l'île de France.
Ping-pong	Services de table.
Pingre	Court de la bourse.
Pinte	Munitions pour les canons.
Piolet	Pic à glace.
Pion	Pièce de jeu.
	Reste à l'étude.
Pipe	Préférable fendue que cassée.
Pipeau	Sous-fifre.
Pipi	Fuite d'enfant.
	Fait envie aux enfants.
Pique-assiette	Rallonge de table.
Pire	Au-delà du mal.
	Politiquement incorrect.

Affaires en suspens.	**Pis**
Organe de presse.	
Terre à bâtir.	**Pisé**
File en douce.	**Piste**
Un vieil homo très bête.	**Pithécanthrope**
Divertissement d'Auguste.	**Pitrerie**
Bureau politique.	**Placard**
Retraite de fonctionnaire.	
Billet de faveur.	**Placet**
Ne fume pas.	**Placide**
Morceau de musique.	**Plage**
Lèvres ouvertes.	**Plaie**
A les lèvres rouges.	
Accroc dans un tissu.	
Plat campagnard.	**Plaine**
Plat de terre.	
Tomber souvent.	**Plaire**
Fumiste non agréé.	**Plaisantin**
Levé avec une échelle.	**Plan**
Vachement ferme.	**Plancher**
Terre des hommes.	**Plancher des vaches**
Ciel couvert.	**Planétarium**
Plat de terre.	**Planisphère**
Affaire familiale sous contrôle.	**Planning**
Petit pied.	**Plant**
Service militaire.	**Planton**
Pâte à pain.	**Plastic**
Souvent blanc et glacé en bas du col.	**Plastron**
Fait pour séduire.	**Plat**

Platane	Auto-stoppeur.
Plateau	Aire de jeu.
Plectre	Gratteur de guitare.
Pléiade	Réunion brillante.
Plein	Ras le bol.
Plénière	A tous ses membres.
Plénitude	État totalitaire.
Pléonasme	Petit nain.
	Décapiter la tête.
	Monte en haut ou descend en bas.
	Panacée universelle.
Pléthore	Cause d'inondation.
	Overdose.
Pleur	Goutte de prunelle.
Pleurnicheuse	Petite Madeleine.
Pleurs	Eaux de chagrin.
Plexiglas	Sous verre.
Ploutocrate	Tête d'or.
Ploutocrates	Des gros qui font un régime.
Pluie	Tombe des nues.
Pluriel	Ne se prend pas pour un type unique.
Plus	Signe de croix.
P.M.	Employé à mi-temps.
P.M.E.	Petite boîte.
Pneu	Voyage autour de la chambre.
	Lettre ou enveloppe.
Pneumologue	Étudie les cavernes.
Poète	Lutheur poids plume.
Pogne	Main courante.

Avait de la barbe jusque sur le front.	**Poilu**
Arme individuelle.	**Poing**
Arme à la main.	
Fermés pour dormir.	**Poings**
Ligne de démarcation.	**Pointillé**
Légume à l'huile.	**Poireau**
Décoration très attendue.	
Légume long à venir.	
Les petits du pigeon.	**Pois**
Tire-bouchon.	**Poisson**
Elle a la pêche.	**Poissonnière**
Caisse populaire.	**Poitrine**
Toujours à l'affût du canon.	**Poivrot**
Étoile ou star d'autrefois.	**Polaire**
Grande gueule toujours d'attaque.	**Polémiste**
Vachement utile en cas de danger.	**Police-secours**
Article du code civil.	**Politesse**
Fait le siège des cabinets.	**Politicard**
Poudre à éternuer.	**Pollen**
Une famille qui a de l'oseille.	**Polygonacées**
Classé X mais pas au cinéma.	**Polytechnicien**
Classe militaire.	**Pompe**
Point marqué.	**Ponctuation**
Panier d'œufs.	**Pondoir**
Sert à table.	**Pongiste**
Passe-muraille.	**Pont-levis**
Homme de génie.	**Pontonnier**

Pool	Jeu de sociétés.
	Réunion de travail.
	Groupe anglais.
Pope	Ministre grec.
Popotin	Siège mou.
Popu	Front d'avant guerre.
Populace	Masse basse.
Popolo	Vit partout en Italie mais a sa place à Rome.
Porcelainier	Chasseur d'éléphants.
Porion	Patron de galerie.
Port	Touché par la vedette.
	Ville d'eaux.
Portail	Entrée solennelle.
Porte	Lieu de passage.
	Poste d'écoute.
Porte-bagages	Filet garni.
Porte-bonheur	Gris-gris blanc.
Porte-parole	La voix de son maître.
Porte-plumes	Nègres ou Indiens.
Porter	Prendre en charge.
Pose	Inactivité de modèle.
	Exposition temporaire.
Position	Point donné.
Positions	Places d'armes.
Posologie	Conseil d'administration.
Poste	Préside s'il est fort.
Postface	Éclairage supplémentaire.
Postsynchronisation	Double jeu.
Pot	Enjeu de cartes.

Sourd de naissance.	
Sa fortune est inestimable.	
Veine populaire.	
A une fortune à manger.	
Bûcher.	**Potasser**
Forme d'être.	**Pot à tabac**
Intouchable en principe.	**Pote**
Point de suspension.	**Potence**
Travailleur de la terre.	**Potier**
Fait tourner la terre.	
French cancan.	**Potin**
Cause de sacrés dégâts.	**Potlatch**
Toto à l'école.	**Pou**
Coups de corne.	**Pouet-pouet**
Rien à entraver.	**Pouic**
Chantées en sonnant les cloches.	**Pouilles**
Paradis artificiel.	**Poulailler**
Habité par des cocottes.	
Coursier débutant.	**Poulain**
Poule de luxe.	**Poularde**
Petit Montmartrois illustré.	**Poulbot**
Commence par le coco, finit par la cocotte.	**Poulet**
Coup de force.	**Poussée**
Taxi jaune.	**Pousse-pousse**
Petite monnaie.	**Poussières**
Auxiliaire du parquet.	**Poutre**
Avoir les moyens.	**Pouvoir**
Se déroule dans les cabinets particuliers.	**P.Q.**

Praire	Vénus sur un plateau.
Prairie	Champ libre.
Pré	Vachement occupé.
	Est vachement nourrissant.
Précautions	Soins préventifs.
Précepte	Haut commandement.
Précepteur	N'est pas maître chez lui.
Préceptrice	Maîtresse sans classe.
Prêchi-prêcha	Coup de rasoir.
Préciser	Mettre au net.
Préméditation	Calcul mental.
Prémisses	Avant-premières.
Prémonition	Idée avancée.
	Toujours en avance sur son temps.
Prend	Chope à la main.
Prés	Les disparus de Saint-Germain.
Prescription	Bonne instruction.
Prescrite	Blanchie par l'âge.
Présentation	Ecce homo.
Présentoir	Gondole sans gondolier.
Présomption	Auto-suffisance.
Presqu'île	A les côtes en long.
Presse-bouton	Technique de guerre.
Presse-citron	Tire-jus.
Pressing	Service de presse.
Prêt	Avance risquée.
	Nom d'emprunt.
Prétendre	Aspirer très fort.
Prétendu	Avancé sans garantie.
Prétentaine	Courue par les coureurs.

Avancer avec confiance.	**Prêter**
Établissement sérieux.	**Preuve**
Brave vieux.	**Preux**
Détenu à part.	**Prévôt**
Prix d'encouragement.	**Prime**
Règlement de police.	
Sacré en musique.	**Printemps**
Années de jeunesse.	
Privilège de la droite engagée.	**Priorité**
Revendiquée par la droite.	
Va au fil du courant.	**Prise**
Cravate très serrée.	
Spécialités gréco-romaines.	**Prises**
Sortie du public.	**Privatisation**
Point commun.	**Privé**
Fait en argent.	**Prix**
Partisan du latin.	**Pro**
Anti-anti.	
Parfaitement droit.	**Probe**
Théorie de croyants.	**Procession**
Délégation officielle.	**Procuration**
Fils d'avare.	**Prodigue**
Figure de haute école.	**Prof**
Tour de tête.	**Profil**
Était très hostile aux Américains noirs.	**Prohibitionniste**
Casse-croûte à emporter.	**Proie**
Spot en cours de tournage.	**Projecteur**
Hors-d'œuvre variés.	**Prolégomènes**
Camarades de classe.	**Prolétaires**

Prolongation	À la fin des temps.
Prononciation	Façon de parler.
Pronostic	Une idée qui a de l'avenir.
Propagandiste	Vendeur de salades.
Prophète	Jamais naturel.
Propice	Bon pour le moment.
Propriétaire	Homme de bien.
Prose	Style roman.
	Ne rime à rien.
	Épatait drôlement le bourgeois.
Prosélytisme	Offre d'emploi.
Prosodie	Système métrique.
Protecteur	Joueur de piston.
Prouesse	Action de grande valeur.
	Morceau de bravoure.
	Opération du crâne.
Proustienne	Littérairement comblée d'un côté et de l'autre.
Prout	Le bruit du vent.
Proverbe	Don de sagesse.
	Va dans le bon sens.
Providence	Une sacrée dépanneuse.
Province	A beaucoup de trous.
Prudent	Ne risque rien.
Pruneaux	Balles populaires.
P.S.	Parti ou revenez-y.
Pseudo	Fausse identité.
Pseudonyme	Lorrain mais pas Breton.
Pseudonymes	Masques de plumes
Psoas	Voisin d'un grand couturier.

Conduite intérieure.	**Psyché**
Esprit, es-tu là ?	**Psychisme**
Jeu de société.	**Psychodrame**
Donne des ailes.	**Ptère**
Irish coffee.	**Pub**
Rosier ?	**Puceau**
Couche populaire.	**Pucier**
Cogne dans le nez.	**Pue**
Fouette fort.	
Les roses et les choux n'y ont pas leur place.	**Puériculture**
Production mineure.	**Puérilité**
Partage des pains.	**Pugilat**
Ancien combattant.	**Pugiliste**
Cadet caduc.	**Puîné**
Détient la vérité.	**Puits**
Pâte de fruits.	**Pulpe**
Poussée de l'intérieur.	**Pulsion**
Gendarme dans les bois.	**Punaise**
Se bourre de marrons.	**Punching-ball**
Faire purger.	**Punir**
Place du chef.	**Pupitre**
Mousseline ou mouscaille ?	**Purée**
A été mise au pilon.	
Salle d'attente.	**Purgatoire**
Produit de la ferme.	**Purin**
Amateur de corrections.	**Puriste**
Pur et dur.	**Puritain**
Un sans un.	**Purotin**
Très noble conquête de l'homme.	**Pur-sang**

Purulence	Ne cache pas sa mauvaise humeur.
Putt	Coup de canne.
Puzzle	Pièces détachées.
P.V.	Auto-punition.
Pygmée	Menu exotique.
	Un petit noir.
	Rikiki en Afrique.
Pygmées	Petites gens.
Pyjama	Costume de page.
Pylône	Chargé d'électricité.
Pyromane	L'homme au foyer.
Pyrotechnicien	Lance-fusées.

Q

Quadragénaire	Homme du moyen âge.
Quai	Côte de port.
Quand	Question de temps.
Quant-à-soi	Réserve personnelle.
Quarante	Moins vingt.
Quart de brie	Nez qui coule.
Quarté	Réunion hasardeuse.
Quatorzième	Garde-lion à Paris.
Quatre	Doublé en voiture.
Qu'en-dira-t-on	La voix de la réaction.
Quenotte	Fait croquer le marmot.
	Dent mineure.
Quenottes	Les dents de la mère

Ne met pas d'huile dans ses salades.	**Querelleur**
Points d'interrogation.	**Questionnaire**
Un type curieux.	**Questionneur**
Forme de manche.	**Quête**
Boutonneuse.	
Ramassage de l'oseille.	
Fait donner la mitraille.	
Taper au hasard.	**Quêter**
Glaner un peu de blé.	
Femme-tronc.	**Quêteuse**
Collections.	**Quêtions**
Théorie d'attentistes.	**Queue**
Théorie qui ne progresse pas vite.	
Lorraine assez tarte.	**Quiche**
Réaction après coup.	**Qui est là ?**
La paix des braves.	**Quiétude**
Renversée en partie.	**Quille**
Fin de service.	
Cinq sur cinq.	**Quine**
Procéder au raffinement.	**Quintessencier**
Sert de décharge.	**Quittance**
Délivrée aussitôt après l'acquittement.	
Arrêt de jeu.	**Quitte**
Partie gagnée.	
Question de sécurité.	**Qui-vive**
Pourcentage imposable.	**Quota**
Spécialité du jour.	**Quotidienneté**

R

Rab	Un plus.
Rabais	Demi-solde.
Rabatteuse	Conductrice de chalands.
Rabelaisien	Gaulois littéraire.
Râble	Point de chute.
Raccord	Liaison directe.
Raccourci	Itinéraire bis.
Rachat	Opération de sauvetage.
Racine	Se prend sur place.
Racines	Prises de terre.
Racketteur	Ramasseur de magots.
Racolage	Entreprise de dragage.
Racontars	Bruits désagréables.
Radar	Nouvel observateur.
Radeau	Bois de flottage.
	Issue de secours.
Radier	Amputer d'un membre.
Radiesthésiste	Capteur d'ondes.
Radine	Vient du peuple.
Radio	Donne à voir ou à entendre.
	Photo d'intérieur.
Radis	Le rose et le noir.
Rafale	Coup de vent et coups de feu.
Rafle	Oppose les poules aux poulets.
Rage	Amour fou.
Raglan	Capote anglaise.
Ragot	Bruit désagréable.
Rahat-loukoum	Douceur orientale.

Descente rapide.	**Raid**
Ligne pour le merlan.	**Raie**
Ligne ou poisson.	
La route du fer.	**Rail**
Pointe de flèche.	**Raillerie**
Chineur.	**Railleur**
Sang apache.	**Raisiné**
Le sang du peuple.	
Cause à défendre.	**Raison**
Sartre nous a donné son âge.	
Opération de cerveau.	**Raisonnement**
Fruit de la pensée.	
Gagner du temps.	**Rajeunir**
Espérance de vie.	**Rajeunissement**
Chant funèbre.	**Râle**
Annoncer son départ.	**Râler**
Faire ses adieux.	
Rencontre à point nommé.	**Ralliement**
Panaché béarnais.	
Gagner un point.	**Rallier**
Suppléments à table.	**Rallonges**
Chanson de piaf.	**Ramage**
Activité scolaire.	**Ramassage**
Restaurant.	**Ramenant**
Élever des hérissons.	**Ramoner**
A des cors.	**Ramure**
Ferme avec les cow-boys.	**Ranch**
A mal vieilli.	**Ranci**
Suppression des frais.	**Rancissement**
Dent conservée.	**Rancœur**

	Grosseur sur la patate.
Rançon	Monnaie d'échange.
Rancune	Dent.
Rang	Réserve d'officiers.
	File dans l'autre sens.
Rangée	Se conduit très bien.
Ranimer	Faire revenir à feu doux.
Rap	Chanson à message.
Rapatriée	Une femme qui retourne chez sa mère.
Rapetassage	Reprise économique.
Rapide	Cours accéléré.
Rapiécer	Remettre des fonds.
Rappel	Rentrée des classes.
Rapporteur	Cafard d'enfant.
Rapporteuse	Petite balance.
Rapportions	Relations.
Rapports	Relations dans la police.
Rapt	Enlèvement des ordures.
	Menace pour les mineurs.
Rara	C'est l'avis de Juvénal.
Ras	Bord à bord.
Rasade	Coup de canon.
Rasage	Coups de fil.
Rase-pet	Peut tenir chaud mais n'est pas à l'abri du vent.
	Sa mode n'est plus dans le vent.
Raser	Sacrifier un bouc.
	Couper court.
Raseur	Crampon qui s'accroche.

Femme à barbe.	**Raseuse**
Pompe à air.	
Sacrificateur de boucs.	**Rasoir**
Défaite du général Hiver.	**Raspoutitsa**
Petit corps de ballet.	**Rat**
Bouffe des hommes.	**Rata**
Repas du guerrier.	**Ration**
Régime de guère.	**Rationnement**
Régler la consommation.	**Rationner**
Laveur inventorié.	**Raton**
Prise de terre.	**Rattachement**
Problème de classe.	**Rattrapage**
Mettre bas.	**Ravaler**
Est dans les choux.	**Rave**
Le lit dans la vallée.	**Ravine**
Victime du coup de barre.	**Rayé**
Trait de lumière.	**Rayère**
Sac arabe.	**Razzia**
Monte-charge.	**Réa**
Force de jet.	**Réacteur**
Force aérienne.	**Réaction**
Grosse tête sur un plateau.	**Réalisateur**
La comédie humaine.	**Reality-show**
Remettre en place.	**Rebouter**
Cimetière de lettres.	**Rebut**
Poste restante.	
Victime de la lutte des classes.	**Recalé**
Victime du devoir.	
Ne pas admettre.	**Recaler**
Garde du corps (du délit).	**Recel**

	Détention arbitraire.
	Attrapé au vol.
Receleur	Bénéficiaire de tarifs spéciaux sur certains vols.
	Sa propriété, c'est le vol.
Recensement	Des chiffres et des êtres.
Réception	Partie du monde.
Recettes	En francs ou en livres ?
Recherche	Du temps perdu ?
Récif	Naufrageur.
	Ouvreur de coques.
Récitation	Morceau à débiter.
Réclame	Pub à l'ancienne.
Reclassement	Ordre nouveau.
Recluse	Femme d'intérieur.
Réclusion	Vie intérieure.
Récolte	Bénéfice de la quête.
Recommandation	Note de piston.
Reconnaissant	A du cœur au ventre.
Reconnaissions	Confessions.
Reconstitution	Remise en forme.
Récréation	Permission de détente.
	Divertissement de cour.
Recrû	Repousse du pied.
Recrue	Bleu, mais plus bleu horizon.
Recrutement	Levée.
Rectification	Un minimum de correction.
Recto	Fait face.
Reçu	Pièce de réception.
	Souvenir d'un règlement de compte.

Réunion littéraire.	**Recueil**
Préretraite.	**Recul**
Reprise des affaires.	**Récupération**
Rouge pour un Rosbif.	**Red**
Rouge d'outre-mer.	
Meneur de revue.	**Rédacteur en chef**
Cran de ceinture.	**Redan**
Ouverture des portes.	**Reddition**
Rançon du progrès.	**Redevance**
Le poids des chaînes.	
Abus de langage.	**Redondance**
Remise en forme.	**Redressée**
A son existence assurée.	**Réel**
A repris du fromage.	**Réélu**
Rappelé au service.	**Réemployé**
Revenir sur une plage.	**Réentendre**
Simple collation ou grande restauration.	**Réfection**
Salle à manger.	**Réfectoire**
Restaurant communautaire.	
Garanties de l'emploi.	**Références**
Calvaire normand.	**Référendum**
A fait la grève des transports.	**Refoulé**
Armoire à glace.	**Réfrigérateur**
Arme de la résistance.	**Refus**
Non imposé.	
Repousser rapidement.	**Refuser**
Nature morte.	**Reg**
Menu plaisir.	**Régal**
Assassin qui frappe à la tête.	**Régicide**

Régime	Amenuise les menus.
	Ceinture plus ou moins serrée.
	Réparateur de lignes en dérangement.
Régiment	Enfant de colon.
Régional	Local en province.
Régionalisme	Tour du cru.
	Tour de province.
Règle	Exceptionnellement confirmée.
	Suivie d'un trait.
Réglisse	Bâton de jeunesse.
	Fournisseur de coco.
Regret	Petit rongeur.
Regrets	Promis au feu.
Réifier	Faire des choses.
Reine	Miss France.
Reine-claude	Couronnée pour des prunes.
Reître	Était porté sur le sac.
Relâche	Arrêt de jeu.
Relâchement	Arrêt de rigueur.
Relais	Maison d'arrêts.
Relation	Effet de commerce.
Relations	Des gens fréquentables.
Relégation	Résidence secondaire.
Relevailles	Suite de couches.
Relevé	Compte bancaire.
Reliefs	Accidents en série.
Relieur	Exploiteur de chagrins.
Reliques	Hauts reliefs.
Remariage	Changement de chaînes

Règlement de compte.	**Remboursement**
Recoller les morceaux.	**Remembrer**
Recherche du temps perdu.	**Remémoration**
Reconnaissance de dette.	**Remerciement**
Trois mots pour… un autre.	**Remettez-moi-ça !**
Reporter.	**Remettre**
Coucherie chevaline.	**Remonte**
Élève des sportifs.	**Remonte-pente**
Procès verbal.	**Remontrance**
Parasite anti-parasite.	**Rémora**
Ceinture de sécurité.	**Rempart**
Faire du rentre-dedans.	**Remplir**
Bouche-trous.	**Remplissage**
Remise à jour.	**Renaissance**
Jeu de hasard.	**Rencontre**
Bien retourné.	**Rendu**
Attachée de direction.	**Rêne**
Guide à cheval.	
Remonter des chandelles.	**Renifler**
Petit morveux.	**Renifleur**
Trompettiste populaire.	**Renommée**
Sacrifice humain.	**Renoncement**
Restaurant.	**Rénovant**
Partisan de la réforme.	**Rénovateur**
Éclaire plus ou moins.	**Renseignement**
Service de bureau.	
Généraux dans la police.	**Renseignements**
Sous produits.	**Rentes**
Cour populaire.	**Rentre-dedans**
Rappel des classes.	**Rentrée**

	Vague de fonds.
Renvoyer	Remercier vivement.
Réorganisation	Ordre nouveau.
Repasser	Écraser des limaces.
Repasseuse	Dame de fer.
Repêcher	Sortir des fonds.
	Sortir du lit.
Repenti	A commencé la réparation.
Répétition	Activité théâtrale.
	Couturière de théâtre.
Répétitrice	Ex-pionne.
	Sous-maîtresse.
Réplétion	Phénomène de satiété.
Réplique	Se donne en spectacle.
Réponse	Droit dans un canard.
Reportages	Relations de voyages.
Reposoir	Autel particulier.
Repoussoir	Embellit son environnement.
Répréhensible	Justifie l'emploi d'un savon.
Représentant	Figurant ou voyageur de commerce.
Répression	Choc en retour.
Repris	A raté la belle.
Reprise	Ne se voit presque plus en bas.
Reproduire	Donner la réplique.
Réputation	Miroir déformant.
Réquisition	Saisie par l'armée.
Réquisitoire	Texte plein de fautes.
Rescousse	Reprise ancienne.
	Reprise justifiée.

Plante verte.	**Réséda**
Salle d'attente.	**Réserve**
N'habite pas chez lui.	**Résident**
Filet de merlan.	**Résille**
La poule à Sartre.	**Respectueuse**
Prendre l'air.	**Respirer**
Donner signe de vie.	
Auteur ou comptable.	**Responsable**
Vol d'essai.	**Resquille**
Passe-droit.	**Resquilleur**
Coup de lame.	**Ressac**
Air partagé.	**Ressemblance**
Plus ou moins gros sur la patate.	**Ressentiment**
Grippe larvée.	
Uniquement Rome.	
Mauvaise digestion.	
Il le fait dès qu'on le libère.	**Ressort**
Énergie nouvelle.	
Complément direct.	**Restant**
Spécialiste du piano.	**Restaurateur**
Traite ou retape.	
Faire disparaître des ans le réparable outrage.	**Restaurer**
Etc.	**Reste**
Éviter les fuites.	**Rester**
On s'en accommode avec art.	**Restes**
Crans de ceinture.	**Restrictions**
Debout les morts !	**Résurrection**
Décalage horaire.	**Retard**
Clé musicale.	**Retendoir**

Retenir	Garder en souvenir.
Réticule	Bourse en sac.
	Filet de merlan.
Retirer	Faire une soustraction ou une addition.
Retombée	Retour à la terre.
Retordre	Travailler sur un fil.
Retors	Sous-malin.
Retouche	Travail de pompier.
Retoucher	Reprendre le travail.
Retraite	Le dernier revenu.
	Abandon de poste.
Rétro	Coup de queue.
	Un goût de revenez-y.
	Passé au présent.
Rétrospection	À la recherche du temps perdu.
Réussite	Espérance de vie.
	Envers de revers.
	Jeu solitaire ou jeu de société.
	Fin heureuse.
Revancharde	Femme battue ?
Revanche	Reprise justifiée.
Rêve	Évasion d'un lit-cage.
Réveille-matin	Fait sauter des pages.
	Diane.
	Arrache des plumes.
Revenant	Esprit revanchard.
	État d'âme.
Revenu	Rentré ou rentrée.
Revenus	Anciens partis.

Bons rapports.	
Se tire en partant.	**Révérence**
Partie d'échecs.	**Revers**
Belles de nuit.	**Rêves**
Passer sur le corps.	**Revêtir**
Séance de repassage.	**Révision**
Son conseil est devenu inutile.	
A l'air mutin.	**Révolté**
Tape sur le système.	**Révolutionnaire**
Ce n'est qu'un au revoir, les gars !	**Revoyure**
Examen de passage.	**Revue**
Se moque de l'actualité.	**Revuiste**
Plume de dessous.	**Rewriter**
Idéal pour un pied-à-terre.	**Rez-de-chaussée**
Fleuriste bavarde.	**Rhétorique**
La bête humaine au théâtre.	**Rhinocéros**
Fait parler de façon incroyable.	**Rhotacisme**
On l'a dans le baba !	**Rhum**
Petit morveux.	**Rhume**
Fabricant de chandelles.	
Rentrée de liquide.	**Ria**
Conquête maritime.	
À la tête de nombreuses unités.	**Richard**
Pompes cardinalices.	**Richelieus**
Couverts d'argent.	**Riches**
Bien élevé.	**Richesse**
Taxi jaune.	**Rickshaw**
Huile de vidange.	**Ricin**
Terme de jeu.	**Rideau**
Souvenirs du temps passé.	**Rides**

Ridicule	Tueur souvent frisé.
Ridiculisé	Mort vivant.
Ridule	Microsillon.
Rien	Impondérable.
Rif	Feu du milieu.
Rifle	Long feu.
Riflette	Nom de guerre.
Rillettes	La fortune du pot.
Rimailleur	A les pieds plats.
Rime	L'amour du tambour.
Ring	Élevé pour le combat.
R.I.P.	Vœu pieux.
Ripaille	Gueuleton à faire.
Riposte	Tac.
Ripou	Accusé de réception.
	Poulet faisandé.
	Poulet à vendre.
Rire	Arme pour désarmer.
	Fou en liberté.
Ris	Du veau dans les voiles.
Risée	Brise ou est faite d'éclats.
Risette	Fête des mères.
	Un certain sourire.
Rite	Pratique régulière.
Rival	Homme à effacer.
Riverain	Homme de bord.
Rivière	Cours secondaire.
R.M.I.	Cache misère.
R.N.	Ligne interurbaine.
Roast-beef	Rosbif de Rosbif.

Fort de café.	**Robusta**
Siège instable.	**Rocking-chair**
Berceuse anglaise.	
On y malmène les assiettes.	**Rodéo**
Coup de bravache.	**Rodomontade**
Reste après dîner.	**Rogaton**
C'est du morse !	**Rohart**
S'amuse quand il est au théâtre.	**Roi**
Tenu pour jouer.	**Rôle**
Emploi provisoire.	
Roule des patins.	**Roller**
Filet à cornichons.	**Rollmops**
Modèle de bonté.	**Romaine**
Tess d'Urberville ou Polanski.	**Roman**
Un style ou un genre.	
Pas prosaïque mais pas poétique non plus.	**Romanesque**
Moulu ou cassé.	**Rompu**
Tour de contrôle.	**Ronde**
Le gros de la troupe.	**Rondeur**
De gros volumes.	**Rondeurs**
Dîner en musique.	**Ronfler**
Fait comme un rat.	**Ronge**
Produit par les chats ou par les vers.	**Ronron**
Pièce de Rosbif.	**Room**
Croisement bruyant.	**Roquet**
Ça fait beaucoup de grains à la foi.	**Rosaire**
Fleur fraîche.	**Rose**

	A des vents.
	Pompon ou bonbon.
Rosée	Dépôt en liquide.
	Arrivée d'eau.
Roses	Fleurs en pot.
Rosier	Continent peu connu.
Rosière	Demeure chaste et pure.
Rossée	Servie avec des châtaignes.
Rosserie	Pique des vaches.
	Vachement bien balancée.
	Mots fléchés.
Rossignol	Passe dans l'illégalité.
	Chante ou n'enchante pas.
Rot	Reconnaissance du ventre.
Rotation	Tour du monde.
Roter	Dégazer.
Rôtisseur	Ses réussites dépendent de ses fours.
Rôtisserie	Établissement royal de France.
Roture	On s'y passe des armes.
Roturier	Né mais pas bien.
Roturière	Arrivée sans armes.
Rouages	Tous solidaires dans un bon mouvement.
Roucoulades	Propos amoureux.
Roudoudou	Le bois sucré.
Rouelles	Ronds de jambes.
Rouer	Casser les pieds et même bien davantage.
Rouflaquettes	Favoris du chef.

Femme de couleur.	**Rougeaude**
En joue… feu !	**Rougeur**
A pris un coup de sang.	**Rougi**
Cuisine à emporter.	**Roulante**
Empiler ou déplacer.	**Rouler**
Jeu dangereux.	**Roulette russe**
Home libre.	**Roulotte**
Barbouilleur de marine.	**Roulis**
Acte sportif.	**Round**
Reprise sur un tapis.	
Tour d'Angleterre.	
Petit piqué.	**Roupillon**
Tire sur le fauve.	**Roussâtre**
Police périmée.	**Rousse**
Compagnie de perdreaux.	
Voie officielle.	**Route**
Entraîneur de poids lourds.	**Routier**
Recette de pot-au-feu.	**Routine**
Voyageur en train-train.	**Routinier**
Fauve agressif.	**Roux**
Loire inférieure.	**Ru**
Somme dérisoire.	
N'aura jamais son bac.	
Un cours que l'on peut sauter.	
Menu avec du fretin.	
Cher au départ.	
Vilaine au début.	
Loir qui vient de naître.	
Vacherie de cheval.	**Ruade**
Petite faveur ou grand honneur.	**Ruban**

	Insigne de croix.
Rubanerie	Vend ses faveurs.
Rubiconde	Femme peau rouge.
Rubis	Balais roses.
	Rouge à ongle.
Ruche	Habitation ouvrière.
Rudiment	Base de départ.
Rue	École libre.
	Voie de garage.
Ruée	Élan de troupeau.
Ruelle	Salon à coucher.
Rugby	Jeu à transformations.
Rugissement	La voix royale.
Ruine	Concernée par la restauration.
	Reste debout.
Ruissellement	Cascadeur.
Rumen	Panse bête.
Rumex	Patience du jardinier.
Rumsteck	Fond de culotte.
Rusez	Conseil de guerre.
Rush	Course à l'américaine.
Russe	Lapin mais pas latin.
Rusticité	L'air de la campagne.
Rustine	Collée au trou.
Rutacées	Famille à la rue.
Rythmique	Repose sur les pieds.

S

Festival de balais.	**Sabbat**
Mauvaise langue.	**Sabir**
Pompe à la ferme.	**Sabot**
Huile rouge.	**Sachem**
Moyen de transport.	**Sacoche**
Grand coup de pompe.	**Sacre**
Bénit ou blasphème.	
Laissez-passer.	**Sacrements**
Coups de grâce.	
Mal imposé.	**Sadisme**
Arme blanche mais noire.	**Sagaie**
Fait la planche.	**Sagard**
Éclairé mais pas illuminé.	**Sage**
Mirage de dent.	**Sagesse**
Singe ou cochon.	**Sagouin**
Coupe-gorge.	**Saigneur**
Coup de semence.	**Saillie**
Pas patient.	**Sain**
Le héros de la fête.	**Saint**
Amour du Beaujolais.	
Sacré nom d'un chien !	**Saint-bernard**
Un sacré parfum.	**Sainteté (odeur de)**
Parfum de Saint-Laurent ?	
Réaliser un exploit.	**Saisir**
Travailleur à temps partiel.	**Saisonnier**
Quatuor musical classique.	**Saisons**
Chapeau fort.	**Salade**
Bonnes feuilles.	**Salades**

Salaire	Revenu du travail.
Salami	Jésus en Italie.
Salé	Petit à côté des lentilles.
	Petit du cochon.
Saliens	Franco-belges.
Salière	Sous l'épaulette.
Salignon	Le pain et le sel.
Saline	Boîte à sel.
Salive	Débordement de paroles.
	On en bave.
Salle des ventes	Nid de rossignols.
Salon de coiffure	Banc de merlans.
	Aire de Figaro.
Saloon	Bar américain.
Salt	Sel pour les hamburgers.
Salut	Objectif d'une armée.
	Se fait souvent à main levée.
	Simple comme bonjour.
	Touche au port sur un plateau.
Samaritain	Vieux secouriste.
Samedi	Entre le rire et les larmes.
Samu	Service de presse.
Sandale	Pompe religieuse.
Sang	Se conserve froid.
Sang-froid	Agent de maîtrise.
Sanglots	Longs morceaux de violons.
Sanguin	Gros rouge.
Sans	Privé.
Santons	Tout le monde sait où ils crèchent.

Grand fumeur.	**Sapeur**
Est en tablier dans la cuisine.	
Sage pour un homo.	**Sapiens**
Du bois pour le feu.	**Sapin**
A souvent les boules quand on lui met une décoration.	
Tube à lancer.	**Sarbacane**
Flèche empoisonnée.	**Sarcasme**
Bière supérieure.	**Sarcophage**
Marque de caporal ordinaire.	**Sardine**
Moulu en Espagne, écrasé dans le Poitou.	**Sarrasin**
Passage protégé.	**Sas**
Tournent de plus en plus pour la télévision.	**Satellites**
Plein fait.	**Satiété**
Vachement bien écrite.	**Satire**
Dur de la feuille.	**Satiriste**
Auteur vachement doué.	
Excellent résultat.	**Satisfaction**
Bon pour accord.	**Satisfecit**
Licence ès lettres.	**Saturnale**
Agent de liaisons.	**Saucier**
Comprennent les gendarmes.	**Saucisses**
Centre de formation pour les gendarmes.	**Saurisserie**
Passage à vide.	**Saut**
Sport de détente.	
Décollage immédiat.	
Mouvement d'humeur.	**Saute**

Saute-mouton	Un jeu bête.
Sauterie	Jeux de quilles.
Sauve-qui-peut	Front fuyant.
Sauvetage	Issue de secours.
Sauveteur	Zorro de conduite.
Savoir	Culture intensive.
Savon	Mousseux de Marseille.
Saxifrage	Le désespoir des peintres.
Sbire	Poulet-spaghetti.
Scalp	Coupe de danse américaine.
Scansion	Fait sentir des pieds.
Scénario	Histoire du cinéma.
Scénariste	Brodeur sur canevas.
Scène	Unité de lieu et d'action.
	Haut plateau.
Scenic railway	Chemin de fer anglais dans les montagnes russes.
Schelem	Poignée de main.
Schibboleth	Mesure de capacité.
Scie	Machine à ruban.
	Coupe avec les dents.
Science	Infuse au fond du puits.
Sciène	Maigre à manger.
Scierie	Maison de planches.
Scion	Bout de canne.
Scoliose	Tourne le dos.
Scratcher	Retirer des épreuves.
Scripophilie	Intéresse les collectionneurs à plus d'un titre.
Script-girl	Une fille qui écrit en anglais.

Fidèle au post.	**Scriptum**
Homme canon.	**Sculptural**
Siège personnel.	**Séant**
Permet de s'asseoir correctement.	
Siège arrière.	
Va au charbon.	**Seau**
Petit transporteur.	
Moule à pâtés.	
Coupe de la manche.	**Sébile**
S'avance sous la mitraille.	
Matière grasse au poil.	**Sébum**
On n'y voit goutte !	**Sec**
Taille des pieds.	**Sécateur**
La guerre des étoiles.	**Sécession**
Soutien de la partition.	**Sécessionniste**
Vient sans précipitation.	**Sécheresse**
Au train où elles vont, ne seront évidemment jamais premières.	**Secondes**
Garçon de l'assistance.	**Secouriste**
Service de dépannage.	**Secours**
Tu.	**Secret**
Dame de bureau ou bureau de dame.	**Secrétaire**
Zone militarisée.	**Secteur**
Partie en autobus.	**Section**
Le tonneau des Danaïdes.	**Sécu**
Diminue le temps de cuisson.	**Sédatif**
A une situation très stable.	**Sédentaire**
Couche dans un lit.	**Sédiment**
Une femme qui tombe.	**Séductrice**

Segment	Article sur les insectes.
Ségrégationniste	Garde-barrière.
Séide	Bon à tout faire.
Sein	Fait pendant.
	Intérieur ou très extérieur.
Seins	Outres-mères.
Séisme	Animé par un feu intérieur.
	Mouvement de terrain.
Séjour	Résidence secondaire.
Sel	L'eau en grains.
	Demi, compte pour du beurre.
	Gros à côté du bœuf.
	Grains marins.
	Marin des marais.
	Gros marin.
Sélectionné	Choisi sur épreuve.
Sélectionner	Faire le bon choix.
Self	Ça sert d'auto !
Self-made-man	Directeur de l'auto-école.
Selle	Place assise.
Sellette	Point d'interrogation.
Sellier	Homme d'équipage.
Sels	Réanimateurs.
Semaine	Sainte d'Aragon.
Semer	Prendre ses distances.
Semestre	Doublé tous les ans.
	Mi-temps.
Semeur	Distributeur de volées.
Semeuse	Fidèle aux postes avant la guerre.
Séminaire	L'école des pères.

Distributeur du crédit agricole.	**Semoir**
Couscous, la voilà !	**Semoule**
Un grain parabolique.	**Sénevé**
Auto-défense.	**Sens interdit**
Laie de chèvres.	**Sente**
Sert la pensée à la pompe.	**Sentencieux**
Fait pousser des fleurs bleues.	**Sentimentalisme**
Pièce d'eaux.	**Sentine**
Mise en garde.	**Sentinelle**
Rupture d'attelage.	**Séparation**
Encre marine.	**Sépia**
Fin de réception.	**Sept**
Ancien point d'aiguille.	**Septentrion**
Faite en série.	**Séquence**
Une belle pièce qui se passait à Venise.	**Sequin**
Vague de froid.	**Sérac**
Frais à éviter.	**Serein**
Vilain pauvre.	**Serf**
Damné de la terre.	
Militaire chevronné.	**Sergent**
Vieille vache.	**Sergent de ville**
Militaire et homme de plume.	**Sergent-major**
Noire de sang.	**Série**
Hors-jeu.	**Sérieusement**
Chanteur encagé.	**Serin**
Maître chanteur derrière les barreaux.	
Leçon de morale.	**Sermon**
Diffusé par haut parleur.	

Sermonne	Chapitre.
Serpentaire	Secrétaire habitué à avaler des couleuvres.
Serpent de mer	Marronnier dans l'eau.
Serpillière	Loque à terre.
	Étoffe à carreaux.
Serre	Garde les pieds au chaud.
Serrement	Prise de contact.
Serrements	Corvées de paluches.
	Poignées de pinces.
Serrer	Augmenter la pression.
Serrure	Ouvrage à clés.
	Instrument d'optique.
Serti	Monté sur une marquise.
Sertir	Travailler sur la rivière.
Sertissure	Griffe de chaton.
Serveur	Passe-plats.
Serveuse	Dessert au restaurant.
Service	Fait partie de l'assistance.
Servir	Passer à table.
Serviteurs	Des qu'on sonne.
Sésame	Laissez-passer.
Set	Dessus de table.
Seuil	Entrée ou pas.
	Pas de cancans.
Sève	Régal des gourmands.
Sévices	Traitements de défaveur.
Sex-appeal	Sauce piquante.
Sexe	Trait d'union.
Sexes	Points de rencontre.

Vapeur d'huiles.	**Sfumato**
Entente cordiale.	**Shake-hand**
Perchoir de casoar.	**Shako**
Star des westerns.	**Shérif**
Coup de pied dans les parties.	**Shoot**
Coup de pompe.	
Courses à pied.	**Shopping**
Court sur le court.	**Short**
Affaires de courants d'airs.	**Show-business**
Utopiste.	**Si**
On en bave avec lui.	**Sialagogue**
Fin de citation.	**Sic**
Arrosé pour refroidir.	**Sicaire**
Même celui des lumières n'avait pas plus de vingt lustres.	**Siècle**
Centenaires légendaires.	**Siècles**
Investissement à long terme.	**Siège**
Place de derrière.	
Somme en acompte.	**Sieste**
Une pause dans la vie de César.	
Grecque sourde.	**Sigma**
Oreste pouvait l'entendre siffler.	
Code de la route.	**Signalisation**
Moyen de communication.	**Signe**
Rubans de pages.	**Signets**
De l'or que l'on peut imposer.	**Silence**
Passages des anges.	**Silences**
Fait le tour du sujet.	**Silhouette**
Fondue dans un verre.	**Silice**
Suite de bâtiments.	**Sillage**

Sillon	Micro pour l'enregistrement.
	Rayon de la culture.
Simili	Fausse identité.
Similor	Imitation brillante.
Simoun	Grain de sable.
Simulant	Feignant.
Sinapisme	Cuit avec de la moutarde.
Sincérité	Donne de la valeur au franc.
Singe	Bœuf ou gorille.
Singeries	Spectacles offerts par des capucins.
Singularités	Signes particuliers.
Sinologie	Chinoiseries.
Sinuer	Sortir du droit chemin.
Sirène	Voix d'eau.
	Mi-chair mi-poisson.
Sirocco	Chauffeur dans le vent.
Sisal	Mexicain de sac et de corde.
Site	Objectif de l'objectif.
	Emplacement à louer.
	Point de vue à respecter.
Sit-in	La force de l'inertie.
	Défense passive.
Ski-bob	Petite reine des neiges.
Skieur	A choisi la mer ou la montagne.
Skinhead	Loulou à poils ras.
Sleeping	Plume dans le train.
	Pieu de chemin de fer.
	Chambre pour voyageur.
Slip	Dessous ou sur le derrière.

Pas pour couples pressés.	**Slow**
Ne touche guère.	**Smicard**
Purée de pois pour le Rosbif.	**Smog**
Anglais très dissimulateur.	
Complet en soirée.	**Smoking**
Canapé de style scandinave.	**Smorrebrod**
S'accroche à la locomotive.	**Snob**
Retenue devant le bar.	**Sobriété**
Économie en liquide.	
Sillonne la campagne.	**Soc**
Fille mère.	**Sœur**
À prendre avec précaution.	**Soin**
Établissement de bains.	**Solarium**
Roi de France.	**Soleil**
Éclairage gratuit.	
Couteau à coquillages.	**Solen**
Couteau sans lame.	
A reçu un coup de pompe.	**Solennel**
Tous pour un !	**Soli**
Exécutés l'un après l'autre.	
Simple exécutant.	**Soliste**
Clés en main.	**Solutions**
Grand ensemble.	**Somme**
Dîner-spectacle.	**Sommeil**
Repas gratuit.	
Dîner au lit.	
Souvent entre deux vins.	**Sommelier**
Complice de Morphée.	**Somnifère**
Dîner légèrement.	**Somnoler**
Fils d'Albion.	**Son**

Sondage	Langage chiffré.
Sonneur	Se tape la cloche.
Sono	Fait gonfler le son.
	La voie des airs.
	Propulse de l'air.
Sorbonnard	Figure de haute école.
Sort	Ironiste.
	La condition humaine.
	Décide du tirage.
Sortilège	Le charme des vieilles légendes.
Sosie	Fausse identité.
Sottise	Boulette de dinde.
	Domaine vaste mais borné.
Sou	Ancienne base de l'économie française.
	Petite pièce pour quatuor d'opéra.
	Compte pour un radin.
Soubrette	Bonne pour la comédie.
Souche	Bois dormant.
	Pied ou talon.
Souder	Jouer du chalumeau.
Soudoyer	Acheter à vil prix.
Souffleur	Acteur de complément.
Souhaits	Vœux prononcés.
Soûlerie	Partie avec des ronds.
Souliers	Pompes en état de marche.
Soupe	Crachoir déconseillé.
	Anglaise franco-italienne.
Soupente	Réduit en haut.
Soupir	Noire silencieuse.

Le dernier à se rendre.	
Homme de cœur.	**Soupirant**
Tête de lit.	**Source**
Souvent à cheval mais pas cavalier.	**Sourcilleux**
L'homme à l'oreille cassée.	**Sourd**
Fille de la montagne.	**Souris**
Quatuor pour l'opéra.	**Sous**
Faim de non-recevoir.	**Sous-alimentation**
Huile à sardines.	**Sous-officier**
Procède par déduction.	**Soustraction**
Passage obscur.	**Souterrain**
Passé en tête.	**Souvenir**
Maîtresse exigeante.	**Souveraine**
Hispano-américain.	**Spain**
Colle à la peau.	**Sparadrap**
Truc tordant.	**Spasme**
Doit donner le bon exemple.	**Spécimen**
Pièce montée.	**Spectacle**
Un type de l'assistance.	**Spectateur**
Place pour jouer.	**Spécule**
Servi avec un toast.	**Speech**
Maître des colles.	**Sphinx**
Siège roulant.	**Spider**
Trouve facilement ses mots.	**Spirituel**
Ancêtre du blues.	**Spleen**
Baudelairien.	**Spleenétique**
Nul en calcul.	**Spontané**
Exercice de physique.	**Sport**
Réclame des chaînes.	**Spot**

Sprat	Tout petit gendarme.
Sprint	Se pique en vitesse.
Sprinteur	Spécialiste de l'emballage.
Square	Carré vert.
Squatter	Franc-tireur de l'occupation.
Stade	Tout d'abord étendue avant de se retrouver enceinte.
Stage	Cours complémentaire.
Stakhanoviste	Grand travailleur à la retraite (de Russie).
Stalactite	Tombe dur.
Stalag	Camp adverse.
Stalle	Loge à cheval.
Stand	Place du commerce.
	Halte de chalands.
Standing	Classe de français.
Star	La femme à Oscar.
	Belle étoile.
Starlette	Décoration de cinéma.
Starting-gates	Portes cavalières.
Stationnement	Attire les papillons.
	Occupation dans un parc.
	Auto-stop.
Stationner	Faire du surplace.
Stations	Arrêts de rigueur.
Station thermale	Fait des ronds dans l'eau.
Statisticien	Compte souvent sur nous.
Stéarine	Corps qui s'enflamme.
	Fait brûler un cierge.
Stéatopyge	Généreuse… postérieurement.

Aide-mémoire.	**Stèle**
Mise au tombeau.	
Souvenir durable.	
D'ego et des couleurs, peut toujours disputer.	**Stendhalien**
Signes particuliers.	**Sténo**
Langue écrite.	
Écriture automatique.	**Sténotypie**
Coupe réglée.	**Stère**
Le relief des chaînes.	**Stéréophonie**
Cliché très net.	**Stéréotype**
Tintin pour la postérité.	**Stérile**
Ni producteur, ni reproducteur.	
Est sans portée.	
Derrière la cravate.	**Sternum**
Garçon de compagnie.	**Steward**
Équipe volante.	**Stick**
Signes de croix.	**Stigmates**
Remonte-pente.	**Stimulant**
Coup de fouet.	**Stimulation**
Acheter à vil prix.	**Stipendier**
Arme de la résistance.	**Stoïcisme**
Se déplace mais prend racine.	**Stolon**
Livre le charbon.	**Stomoxe**
Brûlé sans arrêt.	**Stop**
Rouge autoritaire.	
Sont aux arrêts de rigueur.	**Stoppés**
Annexe du siège principal.	**Strapontin**
Calcul mental.	**Stratégie**
Est en couche.	**Stratification**

Stress	Ondes de choc.
Strict	Est à cheval.
String	Un minimum de plage.
Strip-tease	Grand déballage.
	Dépouillement programmé.
	Numéro de vestiaire.
Stuc	Pâte à pâtisseries.
Studio	Est tout d'une pièce.
Studios	Pièces adaptées à la radio ou au cinéma.
Style	La facture du peintre.
Suborneur	Il tombe sans élégance.
Subvention	Don pour le théâtre.
Succès	Le tabac du cabot.
	Tabac pour la troupe.
Succession	Bien repassé.
Sucrier	Réserve de canards.
Sue	Haut commandement.
Suée	Élimination d'un sportif.
Suées	Effets de sport.
Suer	Se mouiller plus ou moins.
Sueur	Le prix du pain.
	Arrive sur le front.
	Obtenue par un travail acharné.
	Arrive en courant.
Suicide	Terme choisi.
Suie	Plaque de cheminée.
	Poudre noire.
	Poudre à gratter.
Suif	Querelle de chercheurs.

Étranger au Vatican.	**Suisse**
Train de luxe.	**Suite**
Partie remise.	
Homme d'État.	**Sujet**
Donne les boules.	**Sulfure**
Râ d'Amérique.	**Sun**
Normale pour certains.	**Sup**
Bande argentée.	**Superproduction**
Du rab dans l'armée.	**Supplétif**
L'infortune du pot.	**Surdité**
On a bien du mal à s'entendre avec elle.	
Action en hausse.	**Surélévation**
Partisan de la relance.	**Surenchérisseur**
Fait monter sur les planches.	**Surf**
Jouer à saute-mouton.	**Surfer**
Grands gourmands.	**Surgeons**
Force de frappe.	**Surin**
Lit Breton.	**Surréaliste**
Breton, manifestement.	
Mouvement de réveil.	**Sursaut**
Remise au tribunal.	**Sursis**
Manque de crédit.	**Suspicion**
Cause de renvoi.	
Lèvres cousues.	**Suture**
Caractère qui va à la ligne.	**Sveltesse**
Signes de politesse.	**S.V.P.**
Hôtesse de l'air.	**Sylphide**
Haute définition.	**Symbole**
Grand séminaire.	**Symposium**

T

Tabatière	Petit jour.
	Jour ouvrable.
Table	Ses dessous sont douteux.
Tabletier	Son boulot est en jeu.
Tablier	Rideau de fer.
Tachyarythmie	Les intermittences du cœur.
Tacot	Tire… à sa fin.
Tact	Adresse urbaine.
Tag	Action painting.
	Peinture gestuelle.
	Décoration murale.
Taguer	Repeindre les murs.
Tagueur	Peintre en bâtiment.
Taie	Petit écran.
	Sac de couchage.
Taïga	Bois à la russe.
	Bord de plat en bois.
Taille-crayon	Travailleur de la mine.
Tain	Couche de glace.
	Sous-verre.
Taire	Refuser une communication.
	Préférer l'or à l'argent.
Talent	Ne doit pas se forcer.
	Grande capacité.
Talisman	Préservatif.
	Assurance tous risques.
Talure	Un coup en pleine poire.
Talweg	Le lit dans la vallée.

La caisse du régiment.	**Tambour**
Caisse de roulement.	
A eu une fille avec Offenbach.	**Tambour-major**
Chinois de grande taille.	**Tamis**
Ordonnance ou cachet.	**Tampon**
Caisse noire.	**Tam-tam**
Clou double.	**Tandem**
Accouplement de sportifs.	
Petite reine siamoise.	
Association de cyclotouristes.	
Variété d'orange.	**Tango**
Gardel-partie.	
Annexe du siège principal.	**Tansad**
Brin.	**Tantinet**
Pile.	**Tapant**
Petit pain.	**Tape**
Arracher de l'oseille.	**Taper**
Langue vivante.	**Tapette**
Le dessous des cartes.	**Tapis**
Situation d'attente.	**Tapisserie**
Défaut de cavalier.	
Pas avare de sa semence.	**Tapissier**
Pêcher le goujon ?	**Taquiner**
Renvoie la balle.	**Tarare**
Cause toujours !	**Taratata**
Mieux que jamais.	**Tard**
Entre deux poids.	**Tare**
Déshérité par sa famille.	**Taré**
Mise à prix.	**Tarification**
Nez de père inconnu.	**Tarin**

Tarmac	Aéro-station.
Tarots	Paquets de lames.
	Cartes de Marseille.
Tartarinades	Tarasconneries.
Tarte	Coup de main.
Tas	Réunion informelle.
Tassement	Travail de dame.
Tatami	Tapis jaune.
Tatanes	Étuis à pinceaux.
Tâté	Très touché.
Tâter	Faire un essai.
Tatillonne	Portée sur la bagatelle.
Tatouer	Piquer des dessins.
Tatoueur	Dessinateur sur tissus.
Tau	Tête de lard en prison.
Taule	Maison close.
Taure	Vachement jeune.
Taureau	Fonce ou passe au rouge.
Tavelures	Taches de mûres.
Tavernier	Restaurateur de maison ancienne.
Taxi	Voiture de courses.
	Roule pour vous.
Taxiarque	Chef de corps d'infanterie bien trop vieux pour conduire ses troupes sur la Marne en 1914.
Taxi-girl	Entraîneuse sur piste.
Tea	Parfois nuageux outre-Manche.
Technicolor	Rehausse le ton naturel.
Tee	Soutien logistique dans le golf
Tégument	Couverture en fourrure.

A des fonds placés dans la parfumerie.	**Teint**
A un fond dissimulateur.	
A un fond de coquetterie.	
Donner le ton.	**Teinter**
Donne l'exemple.	**Tel**
Imagerie populaire.	**Télé**
L'opium du peuple.	
Char russe.	**Téléga**
Communication sans fil.	**Télépathie**
Homme enchaîné.	**Téléspectateur**
Obéit au doigt mais pas à l'œil.	**Téléviseur**
Drogue douce.	**Télévision**
Captive avec ses chaînes.	
Assurance sans garantie.	**Témérité**
Spectateur bien placé.	**Témoin**
Crédit accordé.	**Tempérament**
Prise à des gens pas bien.	**Température**
Un moment de dépression.	**Tempête**
Bon sujet de recherche littéraire.	**Temps (perdu)**
Travaillent à l'arraché.	**Tenailles**
Ancien auxiliaire de la S.N.C.F.	**Tender**
Solitaire au milieu des hommes.	**Ténia**
Nous laisse toujours sur notre faim.	
Alfredo mais pas Armand.	**Ténor**
S'exprime à voix haute.	
A l'air plutôt doux.	**Ténorino**
Risque de rupture.	**Tension**
Bras de mer.	**Tentacules**

Tentation	Entraînement.
Tente	Boudoir d'Achille.
Tenue de soirée	Costume de théâtre.
Ter	Bis bis.
Téra	Fait beaucoup grossir.
Terminer	Faire une fin.
Terminologie	Jeu de mots.
Terminus	Extinction de voie.
Terni	Maté.
Ternir	Éteindre les feux.
Terra incognita	Avait carte blanche.
Terramare	Terre à terre.
Terrasse	Pousse-café.
Terrassier	Bouche-trou.
Terril	Montagne noire.
	Bosse à la mine.
Terroir	Le pays du goût.
Tertre	Sa place est à Montmartre.
Tessère	Bon vieux.
Tessiture	Registre pour les timbres.
	Écart de voix.
Tesson	Pas beaucoup de pot.
Tessons	Le vase brisé.
Test	Essai de voie.
Testament	La postérité jugera de son intérêt.
	Lignes de feu.
Testée	Mise en examen.
Tête-à-tête	Prélude au corps à corps.
	Duo.

D'un côté et de l'autre.	**Tête-bêche**
Coiffée en brosse.	**Tête-de-loup**
Coup pris à la gorge.	**Tétée**
Prise de boisson.	
Outre-mère.	**Téton**
Attractions avant.	**Tétons**
Clou de collection.	**Teuf-teuf**
Étonnez-vous après ça que la note soit salée.	**Thalassothérapie**
Ses nuages sont signe d'adoucissement.	**Thé**
Grands dieux, quelle histoire !	**Théogonie**
Type à principes.	**Théoricien**
Pièces d'eaux.	**Thermes**
Bains de foule.	
Révolutionnaire en cuisine ?	**Thermidor**
Sale temps pour les homards.	
Souteneur.	**Thésard**
Épargné par les rats.	**Thésaurisé**
Sujet de roman.	**Thèse**
Travail soutenu.	
Valet de cour.	**Thuriféraire**
Est automatique et à répétition.	**Tic**
Pas emballé.	**Tiède**
La santé d'Étienne.	**Tienne**
Bon donné.	**Tiens**
Ordre donné.	**Tiercé**
L'éternel retour.	**Tiers (provisionnel)**
Pas mèche.	**Tif**
Ne mérite pas la coupe.	

Tifosi	Mordus et souvent enragés.
Tigette	Dure de la feuille.
Tignasse	Tifs rétifs.
Tilleul	Vert à boire.
Tilt	Arrêt de jeu.
Timbale	Décrochez-moi ça !
Timbre-poste	Affranchit les poulets.
	Papier collant.
	Taxe sur le poulet.
Time	Argent américain.
Timide	Circule sans assurance.
Timon	Flèche de bois.
Timoré	Le passif de l'entreprise.
Tin	Dans le berceau d'une future vedette.
Tintouin	Tracas ou fracas.
Tipi	Tente d'Amérique.
Tir	C'est toujours au moment de le régler que la hausse intervient.
	Nourri avec des pruneaux.
	Feu de position.
Tirade	Les vers du nez.
Tirage	Choix hasardeux.
Tirasse	Filet de sol.
Tire-bouchon	Déflore les fillettes.
Tire-laine	Finissait par faire sa pelote ?
	Devait avoir maille à partir avec la police de son temps.
Tirelire	Ramasse-miettes en argent.
	Machin à sous.

Jouer avec le feu.	**Tirer**
Recolle les mots cassés.	**Tiret**
Sépare ou rapproche.	
Producteur d'émission.	**Tireur**
Place des fonds.	**Tiroir**
Conservateur de fonds littéraires.	
Protecteur des fonds de commerce.	**Tiroir-caisse**
Sortir du droit chemin.	**Tituber**
Fidèle au poste.	**Titulaire**
Verres solidaires.	**Toast**
Incitation à la consommation.	
Porté sur le pot.	
Question de vie ou de mort.	**To be or not to be**
Matériel d'illusionniste.	**Toc**
Linge de corps.	**Toge**
Peinte ou cirée.	**Toile**
Coiffeuse à domicile.	**Toilette**
Dure de la feuille.	**Tôle**
Est sans défense.	**Tolérance**
Travaille à la caisse.	**Tôlier**
Général des protestants.	**Tollé**
Arme de jet.	**Tomate**
Repoussent sur les planches.	**Tomates**
Petit pépin.	**Tom-pouce**
La moitié de mon oncle.	**Ton**
Accent grave ou aigu.	
Petit en général.	**Tondu**
Des queues et des pipes.	**Tonneaux**
Peau lisse dégarnie.	**Tonsure**

Top	Toujours ponctuel.
Toper	Faire le marché.
Topographe	Dessinateur de jeux de cartes.
Toquante	Boîte à aiguilles.
Toque	Couvre-chef de chef.
Toréador	Fait ses courses en chantant.
	Regardé d'un œil noir.
Toréer	Faire des passes dans l'après-midi.
Torero	Homme d'épée.
Torgnole	Claque en tournée.
Toro	Grande vedette espagnole.
Torpeur	Effet de rasoir.
Torréfaction	Grillage.
Torrent	Cours accéléré.
Tort	Appartient à un absent.
Tortillard	Dur de la campagne.
Torts	Causes de divorce.
Totalitarisme	Régime difficile à suivre.
Totalité	Réunion plénière.
Totem	Animal domestique.
	Bête au pied d'un arbre.
Totémisme	Rapproche l'homme de l'animal.
Toto	Beaucoup trop familier avec les enfants.
Toubib	Homme de l'art populaire.
Touches	Tire-lignes.
Tourbillonnant	A l'air très au courant.
Touriste	Pigeon voyageur.
Tournée	Sifflée ou virée.
	Mouvement de troupe.

Fait avancer au pas.	**Tournevis**
Show de lances.	**Tournoi**
Assaut de courtoisie.	
Amoureux pigeonnés.	**Tourtereaux**
N'épargne personne.	**Tous**
Vidangeur.	**Tout-à-l'égout**
Suiveur.	**Toutou**
Handicap au jeu.	**Trac**
Jetons sur la scène.	
Coupe-jarret.	
Soucis dans les pensées.	**Tracas**
Marque déposée.	**Trace**
Foulées ou brisées.	**Traces**
C'est la misère.	**Tradescantia**
Restaurateur d'église ancienne.	**Traditionaliste**
Effet de commerce.	**Trafic**
Queue basse.	**Traîne**
Tirer le meilleur du pis.	**Traire**
Fabricant de buffets et de canapés.	**Traiteur**
Restaurateur de salons.	
Machine.	**Trame**
Sujet à rebondissement.	**Trampoline**
Profil de médaille.	**Tranche**
Fier-à-bras drôlement musclé.	**Tranche-montagne**
Un sacré changement.	**Transfiguration**
Sauteur et même violeur.	**Transgresseur**
Changement d'occupation.	**Transhumance**
Receveur des postes.	**Transistor**
Entre-deux.	**Transition**

Transpercer	Entrer et sortir.
Trappe	Maison close ou lieu de passage.
Trapu	Ramassé dans les formes.
Travail	Occupation d'usine.
Travailleur	Homme de métier.
Travée	Rangée de pieux.
Traversin	Met le sous-chef au repos.
Travestissement	Numéro de vestiaire.
Trélongages	Fils de marins.
Trémie	Grain de sel.
Trémière	Le nom de la rose.
Trémolo	Déraillement sur la voix.
Tremplin	Fait la planche dans la piscine.
Trente	Fin novembre.
Trépas	Passage à sens unique.
Trépignements	Pas très marqués.
Trésor	Bien planqué.
	Réunion très enrichissante.
Trésor public	Coureur de fonds.
Trésors	Fonds des mers.
Tresses	Rasta-couettes.
Trêve	Spécialité de confiseurs.
	Coupe-feu.
	Le repos du guerrier.
Tri	Classement général.
	Service d'ordre.
Triangle	Figure boulevardière.
	Figure pointue.
Triathlon	Association sportive.
Tribu	Famille d'adoption.

Au-dessus de la mêlée.	**Tribune**
Ne possède pas de pièce de séjour.	**Tricard**
Jouer faux.	**Tricher**
Chambre à manger ou salle à coucher.	**Triclinium**
Oui pour Rimbaud.	**Tricolore**
Faire le bon choix.	**Trier**
Ordre de classement.	**Triez**
Battements dans l'air.	**Trilles**
Pièces en enfilade.	**Trilogie**
Voie libre.	**Trimard**
Sainte alliance.	**Trinité**
Pulvérisateur.	**Trinitrotoluène**
Couple moderne.	**Trio**
Tabac prisé.	**Triomphe**
Des boyaux en 14.	**Tripes**
Voiture de courses.	**Triporteur**
Boîte de jeux.	**Tripot**
Règle de correction.	**Trique**
Morne peine.	**Tristesse**
Mi-chair mi-poisson.	**Triton**
Marché parallèle.	**Troc**
Convention de la haie.	**Troènes**
Bille rouge.	**Trogne**
Cœur mis à nu.	**Trognon**
Chute d'eau.	**Trombe**
Cornet de balles.	**Tromblon**
Blouse.	**Trompe**
Sursitaire.	**Trompe-la-mort**

Trompeteur	Joue dans la joue.
Trompette	Interprète de renom.
Tronc	Exposé à la mitraille.
	Boîte d'argent.
Trône	Siège éjectable.
Trop	Va dans l'au-delà.
Trope	Figure masquée.
Trophée	Coupe ou massacre.
Tropique	Ligne de démarcation.
Trot	Train pour Vincennes.
Trotte	Chemin pour piétons.
	Longue marche.
Trou	Partie de golf.
	Toujours très entouré.
	Est en manque.
	Passage à vide.
	Absence prolongée.
Troubadour	Chanteur de charme.
Trouille	Jetons.
Trousseau	Propriété du parti.
	Réunion d'affaires.
Trous-trous	Des jours qui se suivent et se ressemblent.
Trouvère	Chanteur d'opéra italien mais d'origine espagnole.
Trufficulture	À la poursuite du diamant noir.
Tsé-tsé	Mouche moche.
Tsouin-tsouin	Parole et musique.
Tsunami	Balayeur japonais.
	Péril jaune.

Bissé à l'Opéra.	**Tu**
Bain debout.	**Tub**
Homme des cavernes.	**Tubard**
Air triomphant.	**Tube**
Scie à tabac.	
Où le rouge est mis.	
Deutsche marque.	**Tudesque**
Fleur de verre.	**Tulipe**
Gaze de ville.	**Tulle**
Suite de coups durs.	**Tuméfaction**
Terre de feu.	**Tumulus**
Bosse dans les pompes funèbres.	
Pour un chef kurde.	**Turban**
L'homme fort des Balkans.	**Turc**
Flageolets pour accompagner le mouton.	**Turlurettes**
A un intérieur plutôt moche.	**Turpide**
Couverture protectrice.	**Tutelle**
Protection rapprochée.	
Direction assistée.	
Bâton de jeunesse.	**Tuteur**
Bouffe bien.	**Tutu**
Gaze des rats.	
Lourde comme impôt.	**T.V.A.**
Aurait pu faire tourner Olivier.	**Twist**
Représentant ou gazier.	**Type**
Rage de vent.	**Typhon**
Tête dure.	**Tyran**
L'air de la montagne.	**Tyrolienne**

U

Ubacs	Côtes du nord.
Ubiquiste	On le rencontre partout.
Ubiquité	Le rêve du m'as-tu-vu.
Ubuesque	Royalement grotesque.
Uléma	Docteur de la loi, pas médecin légiste.
U.L.M.	Un minimum de zinc.
	Hybride du coucou.
Ulmaire	Fleur royale.
Ultima ratio regum	Devise forte sous Louis XIV.
Ultra	Entraîne dans l'au-delà.
Ultramarin	Bleu en littérature.
Un	Ni pair ni paire.
	Hors paire.
Uniformes	Effets spéciaux.
Uniformisation	Recherche d'identité.
Unilatéral	N'a pas que des bons côtés.
Union	Coup de force.
	Mariage ou liaison.
	Pari mutuel.
Unioniste	Ne suit pas la partition.
Unisson	Bon chœur.
	Grand ensemble.
Unité	Brique en argent.
	Partie du corps.
	Inspira un trio classique.
Upas	Gomme à effacer.
Uppercut	Coup tordu.

Crochet pour étendre.	
Sonneur de cloches.	
Restauration au palais.	**Uranoplastie**
Homme de la ville.	**Urbaniste**
Champ de diffusion.	**Urbi et orbi**
Bison buté.	**Ure**
Ascendant taureau.	
Médecin de la presse.	**Urgentiste**
Pistolet à eau.	**Urinal**
Du liquide qui fait envie.	**Urine**
Vase communicant.	**Urinoir**
Pot de chagrin.	**Urne**
Permet de mettre le feu n'importe où.	
Voie des voix.	
Boîte à surprises.	
Se remplit d'espérance ou n'inspire plus que des regrets.	
Melting pot.	
Boîte de conserve.	
Sortie pour faire un tour.	
Des sœurs qui ont un studio à Paris.	**Ursulines**
Supplément pour les fraises.	**Urticaire**
Mœurs particulières.	**Us**
Affaires sociales.	
Homo metrobus.	**Usager**
Est dans le domaine public.	
Connaissance du monde.	**Usages**
Faire du râpé.	**User**

Usine	Maison ouvrière.
	Maison de productions.
Ustensile	Une cocotte pour le coq.
	Simple appareil.
Ustilaginales	Productrices de charbon.
Usure	Effort de guerre.
	Enrichit ou appauvrit.
	Diminution de service.
	Haut taux mobile.
	Un risque pour l'emploi.
Usurier	Banquier du secteur privé.
Usurpateur	Personne déplacée.
	S'est imposé à la meilleure place.
Usurpation	Prise de position.
Utilisatrice	Créatrice d'emplois.
Utopie	Rêve éveillé.
	Plan de château en Espagne.
Utopiste	Constructeur de mirages.

V

Vacancier	Chômeur de courte durée.
Vaccinothérapie	Traits de plume.
Vacherin	Fromage ou dessert.
Vade-mecum	Livre de poche.
Vadrouilleur	Homme traîneur.
Vae victis	Ajouté au poids de la balance romaine.
Vaguemestre	Militaire en poste.

Fourrure de mule.	**Vair**
Pantouflard.	
Petit-gris au menu.	
Le fantôme de l'opéra.	**Vaisseau**
Facilite le transfert des effets au porteur.	**Valise**
Tomber comme au cinéma.	**Vamper**
A besoin de veine pour subsister.	**Vampire**
Prendre un coup de sang.	**Vampiriser**
Tout.	**Vanité**
Relancer la balle.	**Vanner**
Se loue au-dessus de sa valeur réelle.	**Vantard**
Même pas un traîne-savates.	**Va-nu-pieds**
Brume de cerveau.	**Vape**
Force de l'eau.	**Vapeur**
Distributeur d'essence.	**Vaporisateur**
Surtout dans la marine.	**Vareuse**
Veine excessive.	**Varice**
Fait divers.	**Varie**
Permet de planer.	**Varlope**
Pot aux roses.	**Vase**
A dû toucher des fonds.	**Vaseux**
Porte à porte.	**Vasistas**
Jour de faîte.	
N'est bon qu'à prendre la mer.	**Vaurien**
Sera peut-être vache mais il a une bonne tête.	**Veau**
Somme du temps passé.	**Vécu**
Place de l'étoile.	**Vedettariat**

Végétarien	Gastronome en herbe.
	A renoncé aux plaisirs de la chair.
Végéter	Faire le poireau ?
Veilleuse	Économise les bouts de chandelle.
Vélo	Compagnon du Tour de France.
Velours	Peau de loup.
Velouté	A pris quelque chose à la pêche.
Vélum	Le drap du dessus.
	A de l'étoffe comme protecteur.
Vénal	Est à vendre mais pas à louer.
Vénalité	Facilité d'achat.
Vendetta	Plat froid mais corsé.
Vendu	Ancien collaborateur.
Vénéré	Objet de culte.
Venette	Jetons anciens.
Vengeance	Réparation coûteuse.
	Dure revanche.
Venger	Laver à froid.
Venin	Mal de dent.
Venir	Répondre à l'appel.
Vénitien	Beau blond.
Vent	Mode contemporaine.
	Air déplacé.
	Transporteur de grains.
Ventouses	Des petits verres qui font du bien.
	Verres de contact.
Ventre	Bidon à remplir.
Ventriloque	Virtuose du double langage.
	Homme de dialogue.
Vents	Devraient sentir la rose.

Beauté divine.	**Vénusté**
Nudiste intégral.	**Ver**
Habitant de la terre.	
Enterré vivant.	
Mangeur de feu.	
Amoureux d'une étoile de théâtre.	**Ver (de terre)**
Galerie des glaces.	**Véranda**
Dresser des papillons.	**Verbaliser**
Abus de langage.	**Verbiage**
Mauvaise langue.	**Verbigération**
Jeunesse des vieux.	**Verdeur**
Artiste du cru.	**Vériste**
Nudiste solitaire.	**Vérité**
Sous-produit du vin.	
Rubis sur l'ongle.	**Vernis**
Ont du pot s'il n'est pas protecteur.	
Première en peinture.	**Vernissage**
Passe dans l'après-midi.	**Véronique**
Indispensable pour le canon.	**Verre**
Pour le vin d'Alsace ?	**Verre ballon**
Agent de la sécurité.	**Verrou**
Fait le poireau.	**Verrue**
Lignes régulières.	**Vers**
Mise à pieds.	**Versification**
Exposition personnelle.	**Version**
Ne travaille pas sur les lignes régulières.	**Vers-libriste**
S'étend sur le dos.	**Verso**

Vert	Couleur de feu.
Vertèbres	Os à moelle.
Vertu	Qualité supérieure.
Vertugadin	Faux cul.
	Tournure ancienne.
Vésicant	Donne des ampoules.
Vésicule	Base de calcul.
Vesse	Coup de vent.
Vessie	Partie de ballon.
Vestale	Ne devait pas avoir le feu aux fesses.
Vestiaire	Cabinet d'affaires.
Vestibule	Dessert après l'entrée.
Veto	Repousse rapidement.
Véto	Panse-bête.
Veuvage	Remise en liberté.
Vexation	Contusion interne.
Viager	Bien payé d'avance.
Viande	Château bleu ou baron rouge.
Vice-président	Tête de rechange.
Vidanger	Vider les lieux.
Vide	Lourde.
Videur	Sort d'une boîte.
Vie	Don de la mère.
Vieillissement	C'est de l'usure.
Vigilant	A l'œil.
Vilenie	Coup bas.
Villa	Révolutionnaire au Mexique mais plutôt bourgeoise en France.
Villanelle	L'air de la campagne.

Ne saurait désigner Hiroshima.	**Ville champignon**
Sa mère a eu sur lui une influence déterminante.	**Vinaigre**
Se fait en vitesse.	
Contient une part de vérité.	**Vino**
Date de naissance.	**Vintage**
Pièce policière.	**Violon**
Cage pour les poulets.	
Accident de la route.	**Virage**
Dangereux pour les déportés.	
Femme-gendarme.	**Virago**
Mise au point par écrit.	**Virgule**
Moyen de pression.	**Vis**
Avancée sur le front.	**Visière**
Activité touristique.	**Visite**
A une lettre pour le médecin.	**Vitamine**
Homme du cru.	**Viticulteur**
En verre du décor.	**Vitrail**
Sous-verre.	**Vitrine**
Glace à lécher.	
Grand rongeur.	**Vitriol**
Point mort.	**Vivant**
Ménagerie de verre.	**Vivarium**
Parole d'honneur.	**Vivat**
Gros paf !	**Vlan**
Puissant haut parleur.	**Vociférateur**
Meilleurs au début de l'année.	**Vœux**
Présentation correcte.	**Voici**
Filtre à air.	**Voilette**
Masque à gaze.	

Voir	Embrasser à l'œil.
Vol	Main basse.
	Changement de propriétaire.
Volée	Piquée ou tannée.
Voler	Faucher du blé.
	Prendre l'air ou autre chose.
Volet	Centre de triage.
Volontaire	Une personne qui s'offre.
Voltairien	Anticlérical mais pas primaire.
Volte	Tour de manège.
Vote	Choix des élus.
	Mise en boîte.
Voter	Placer sa voix.
Vouivre	Serpent d'amour.
Vue	Peut s'accommoder avec des lentilles.
	Sens de l'observation.
Vulgarisation	Baisse de niveau.

W

Wagnérien	Fan d'Elsa.
Wagon-restaurant	Tables roulantes.
Was	La question allemande.
Water	Flotte anglaise.
Water-polo	Jeu d'eau.
Waterproof	Ne craint pas la flotte anglaise.
Wigwam	Hutte des Ures.

X

Ne chasse pas le naturel.	**Xénélasie**
Ouverture à l'étranger.	**Xénophilie**
Frontière artificielle.	**Xénophobie**
Blanc d'Espagne.	**Xérès**
Gréco-romains.	**Xi**
Productrice de fruits de mer.	**Ximenia**
Homme des bois.	**Xylographe**

Y

Bandes jaunes.	**Yakusa**
Réponse à tout. Moyen de parvenir.	**Y-a-qu'à**
Mesure prise par la police anglaise.	**Yard**
Garde à you !	**Yeoman**
Gentleman-agrément.	**Yes**
Marronnier du Népal.	**Yeti**
Idolâtre.	**Yéyé**
Continent indien.	**Yogi**
Gaz de ville et de campagne.	**Ypérite**

Z

Rayé de l'inventaire de Noé.	**Zèbre**
Accélérateur.	**Zèle**
Vedette du ballon ovale.	**Zeppelin**

Zéro	Au plus bas quand il se pointe.
Zest	Un des côtés de la balance.
Zézaiement	Fausse le je.
Zodiaque	Signes particuliers.
Zoo	Jungle des villes.
	Exposition de fauves.
	Faunothèque.
Zoomorphisme	Donne l'air bête.

Pages Roses

A

Amant	Plus de la moitié.
	Membre suppléant.
	Saint en poésie mais sûrement pas ailleurs.
Amants	Usagers des transports.
Anaphrodisiaque	Rabat-joie.
Andropause	Arrêt des émissions.
Anus	Trou du souffleur.
Aphrodisiaque	Dope pour sauteur.
	Dépanneur dans les transports.

B

Bisexuel	Double mixte.

C

Call-girl	Amorce pour pécheur à la ligne.
	Liaison téléphonique.
	Une fille branchée.
Castrat	Timbre rare du Vatican.

L'enlèvement au sérail.	**Castration**
Sa clé ne fait plus partie du trousseau.	**Ceinture de chasteté**
Piège à con.	
Une paire de claques.	**Chabanais-One-two-two**
Ceinture avec la ceinture.	
Manque de relations.	**Chasteté**
Maison d'intolérance.	**Clandé**
Maison close entrouverte.	
Abri pour les poules.	
Poule ou cheval.	**Cocotte**
État jaune.	**Cocuage**
Dortoir de cochon.	**Cœur**
Coït interrompu.	**Coi**
Moitié approximative.	**Concubine**
Femme de ménage non déclarée.	
Continent perdu.	**Concupiscent**
Établir des rapports.	**Copuler**
Commerce de lit.	**Coucherie**
Coquille de coquille.	**Couille**
Mieux vaut le tirer que le recevoir.	**Coup**
Licence en droit.	**Cuissage**
Figure de poupe.	**Cul**
Siège dans la salle de bains.	
Nom d'un pétard.	

D

Débandade	Mauvais départ.
Défloration	Entrée tête la première.
Déniaiser	Dessaler des cornichons.
Détumescence	Débandade.

E

Échangistes	Des souris et des hommes.
Effeuillage	Sexhibition.
Effeuilleuse	Se découvre peu à peu.
Égrillarde	Gauloise allumée.
Éjaculateur	Sa précocité n'est pas appréciée.
Embrasseur	A souvent envie de baiser.
Enfilée	Donnée au chas.
Entôlage	Vol de grues.
	Plumage de pigeon.
Entuber	Posséder et déposséder.
Érection	Séance de dressage.
Érotisme	Piment salé.
	Le rayon X au cinéma.
	Ce qu'il y a de meilleur dans le cochon.
	Cochon d'intellectuel !
Érotomane	Sauteur disqualifié.
	Fou d'amour.
	Fourre-tout.

Fidèle castré.	**Eunuque**
Nourri dans le sérail mais n'y a pas de relations.	
A perdu toutes les parties.	
Corps sans vit.	
Vedette de one man chaud.	**Exhibitionniste**
Plus grande que le pied.	**Extase**

F

Couvreur.	**Fécondateur**
Couverte par temps chaud.	**Femelle**
Coups de main sur l'arrière.	**Fessée**
Correction de sans-culotte.	
Débandade.	**Fiasco**
Employées de maison.	**Filles**
Père fouettard.	**Flagellant**
Fait vulgaire.	**Fout**

G

Bisexuelle ?	**Garçonne**
Nouvel homo.	**Gay**
Partie de pénis.	**Gland**
Débauche ou élève bien.	**Grue**
Femelle du maquereau.	
Poule commune.	

H

Harem	Réserve féminine.
	Association de femmes de chambre.
Hermaphrodite	Double mixte.
Hétéro	Ça ne l'empêche pas d'être un homo… sapiens.
Hymen	Relique de la Vierge.
	Barrage provisoire.

I

Insémination	Recherche de paternité.
Inséminer	Travailler dans le prêt-à-porter.

J

Julot	Mec ou mac.

K

Kama Sutra	Nourriture de cochons d'Inde.
Kiss	Baiser des Anglaises.
Krach	Mauvais coup dans les bourses.

L

Donne sa langue au chat.	**Lesbienne**
Maison de rapports.	**Lupanar**
Claque.	

M

Se troussait devant les dames.	**Madrigal**
On la baise sur le dos.	**Main**
Cage à poules.	**Maison close**
Mâle de la poule.	**Maquereau**
Tête à claque.	**Maquerelle**
Maîtresse de maison.	
Mac à dames.	**Marlou**
Administrateur de self-sévices.	**Masochiste**
Auto-allumage.	**Masturbation**
Caresses de chat.	
Maîtresse d'elle-même.	
Page à tourner.	**Mignon**
Poule ou poisson.	**Morue**
Tout le contraire d'un dragueur.	**Mouilleur**
Voulait se faire baiser par Musset.	**Muse**

N

Pied indien.	**Nirvana**

O

Onan	N'en avait rien à foutre de la postérité.
	Soliste.
	Promoteur de self-service.
Onaniste	Pèche à la main.
	Manuel de sexualité.
Opine	Branle son chef.
Oreille	Se tend quand on l'a dure.
Orgie	Licence de transports.
	Foire aux cochons.
	Grande consommation des sens.
	Partie ancienne de Rome.
	En chair et en noce.
Orgies	Parties sexuelles.

P

Pal	Bâton merdeux.
	Traverse l'écu.
	Siège oriental.
	Faisait son entrée par-derrière.
	Le moins catholique de tous les pieux.
Pâmoison	État du pied.
Partouzard	Usager des transports en commun.
Patin	Glisse ou se roule.
Pénis	Membre influent.

Auteur de rapports.	
Membre bienfaiteur.	
Membre de l'académie.	
Tel est notre bon plaisir !	**Pied**
Homicides involontaires.	**Pollutions nocturnes**
Gros cochon.	**Pornographe**
Rayon X.	**Pornographie**
Bas morceaux du cochon.	
Transports commerciaux.	**Prostitution**
Commerce de proximité.	
Respectueuse de l'œuvre de Sartre.	**Putain**
Fille vulgaire.	**Pute**

R

Pêche à la morue.	**Retape**
Avance à l'allumage.	
Bander encore.	**Retendre**

S

La Marie du port.	**Salope**
Bâcle.	
Nourrie de matières grasses.	**Scatologie**
Station des sens.	**Sex-shop**
Un endroit très gay.	**Sodome**
Vice verso.	**Sodomie**
Déviationniste.	**Sodomite**

Souteneur	Maquereau ou hareng.
	Conducteur de grues.
Spermatozoïdes	Beaucoup d'appelés mais un seul élu.
	Luttent pour la vie.
Stupre	Vice roi.
	Grande bringue.
	Licence ès lettres.

T

Tapin	Gagne à être connu.
	Femme à louer… et à blâmer.
Transsexuel	A enterré sa vie de garçon.
	M'sieur-dame !
Travelo	Cache-sexe.
Travelos	Les dames du Bois de Boulogne.
Travesti	Homme de robe.
	Poulette aux hormones.
Travestis	Jouent aux dames.
Travestisme	Excès homo.
Trottoir	Quai d'embarquement pour Cythère ?
	Chemin des dames.
	Chemin de hélage.
	Banc de morues.
	Base de grue.
Turf	Avec des chevaux ou avec des poules.

U

Rend les hommes gais.	**Uranisme**
Rapproche les hommes.	
Parties de dames.	**Utérus**

V

Derrière de page.	**Verso**
Entrée intempestive.	**Viol**
Entrée condamnée.	
Frappe avant d'entrer.	**Violeur**
Membre actif.	**Vit**
Membre d'une académie.	

Z

Bruant mais pas chez Pierre Perret.	**Zizi**

Noms Propres

A

Aa	Deux fois première en cours de français.
	Cours particulier.
Abel	Le troisième homme.
	Le cadet des soucis de son frère.
	Frère aîné de Lucy.
	Le premier descendu.
Abélard	Fidèle castré.
	A été jugé… coupable !
Abencérage	S'est fait connaître en dernier.
About (Edmond)	Immortel qui parlait du nez et cassait les oreilles.
Absalon	Sa fin est tirée par les cheveux.
Académie française	L'équipe des Verts.
Adam	L'homme à la pomme.
Adam et Ève	Interdits de séjour.
Adélie	Épouse mise en terre.
Agénor	Chaînon entre Libye et Europe.
Agésilas	Battu par Épaminondas, massacré par Boileau.
	A eu un passage dramatique, hélas !
Agnès	Élève d'une école privée.

Plaqué en premier.	**Ain**
Jura un peu.	
Masque de Romain.	**Ajar**
Héros de la guerre des moutons.	**Ajax**
Disparue au cours d'une recherche.	**Albertine**
Plus viril dans la comédie classique que dans l'opéra.	**Alceste**
Élève favori de Socrate mais pas tellement estimé en général.	**Alcibiade**
Oiseau de bon augure.	**Alcyon**
Siège romain.	**Alésia**
A beaucoup résisté aux avances d'un Jules.	
Baba cool.	**Ali**
Surnuméraire chez les Quarante.	
Feu de Khan.	
Cantonnement de zouave.	**Alma**
Baie jaune.	**Along**
Galeries de peintures espagnoles.	**Altamira**
Blanchisseuse nationalisée.	**Anastasie**
Marche italienne.	**Ancona**
Offert à Poitiers.	**Anet**
Patrie de David.	**Angers**
Mise en observation.	**Anne** (sœur)
Hall de cinéma.	**Annie**
Étoile rouge.	**Antarès**
Vedette ensablée.	**Antinéa**
Vieux beau.	**Antinoüs**
Saint et grand résistant.	**Antoine**

Antoine de Padoue (saint)	Inutile de faire appel à lui pour la recherche du temps perdu.
Apicius	Latin de cuisine.
Apis	Taureau au soleil.
Apollinaire (Guillaume)	Chanteur mal-aimé.
Apôtres	Tous en Cène !
Aragon	Poète cocoïnomane.
	Le feu rouge de la rue de Varenne.
	Fan d'Elsa.
Aral	Mer supérieure.
Aramis	L'abbé de l'épée.
Ararat	Haut lieu du débarquement.
	Avant lui le déluge !
Aravis	Un col avec une chaîne.
Arc (Jeanne d')	Héroïne pure saisie et brûlée.
Arcole	Pile de pont pour les Autrichiens.
Ardèche	Département de la Loire très inférieure.
Aristide	Le dernier des aoûtiens.
Arlequin	A laissé son manteau au théâtre.
Arlésienne (l')	Il y a deux hommes qui l'aiment à la folie mais, c'est dramatique, les autres ne peuvent pas la voir.
Arman	Un artiste qui fait des tas de choses.
	Accumule même les succès.
Armand	Un type qui a de l'aven.
Arnolphe	Maître d'école classique.
Ars	Lieu de cure
Artémis	Vieille sourcière.

Directeur littéraire de la Table Ronde.	**Artus**
Poète très confidentiel.	**Arvers (Félix)**
Anglaise à paris.	**Ascot**
Les Londoniens y font leurs courses.	
Grand Orient.	**Asie**
Reliée au show-biz par téléphone.	**Asnières**
Inconditionnel de l'Auvergne.	**Assas**
Plateau sanatorial.	**Assy**
Le petit Gaulois illustré.	**Astérix**
Mont de piété.	**Athos**
Terrain vague.	**Atlantide**
Voleur de pommes.	**Atlas**
A été condamné à une lourde peine.	
Plein soleil.	**Aton**
Tonton terrible.	**Atrée**
Coupe-fil.	**Atropos**
Herbicide qui se répandait à cheval.	**Attila**
Plateau à fromages.	**Aubrac**
Le Onze de France.	**Aude**
Éclaireur autrichien.	**Auer**
Comte ou empereur.	**Auguste**
Siège de La Rochelle.	**Aunis**
Une des vedettes de la coupe de France.	**Ay**
Des fils très résistants.	**Aymon**

B

Babar	Éléphantaisiste.
	Éléphant rose.
Babel	Tour du monde.
Bacon	De l'art ou du cochon.
Banco	Impressionnant au théâtre et au casino.
	Spectaculaire au théâtre.
Baptiste	L'homme tranquille.
Barbares	Les Huns et les autres.
Barbe-Bleue	Un époux très conservateur.
	Homme à femmes.
Bardot (Brigitte)	La belle et les bêtes.
	Une des Mariannes.
Basile	Le don de la calomnie.
Bastille	Place de l'opéra.
Bateau ivre	Ne naviguait pourtant pas entre Madère et Curaçao.
Baudricourt	A fait convoyer l'héroïne par des hommes à lui.
Beaumont	L'Éon.
Bécassine	Une bonne partie du Finistère.
	Bonne en dessins.
Benjamin	Tonton dans la Nièvre.
Berezina	Tout le monde en connaît au moins un passage.
Bertha	Femme-canon.
Bismarck	Travaillait pour le roi de Prusse.
Blanche-Neige	Coco-girl ?

Héroïne pure livrée à Lyon.	**Blandine** (sainte)
Don Quichotte de la Manche.	**Blériot**
Coucou, le voilà à Douvres.	
Le petit Robert.	**Bob**
Ont été collaborateurs mais n'en ont jamais fait mystère.	**Boileau-Narcejac**
Inusable en musique.	**Boléro**
Pompier de Bayonne.	**Bonnat** (Léon)
Bénigne mais pas bénin.	**Bossuet**
Aigle meldois.	
Marseillaise de Belgique.	**Brabançonne**
Femme de Léon.	**Bretonne**
Plateau de fromages.	**Brie**
Gaillarde citadine.	**Brive**
Vers de terre.	**Bucoliques**
Nègre de Victor Hugo.	**Bug-jargal**
A colonnisé le Palais-Royal.	**Buren**
Interprète japonaise de l'œuvre de Puccini.	**Butterfly** (Madame)

C

Partisan de la règle des trois unités.	**Cadet Rousselle**
Mémorialiste né Rostopchine.	**Cadichon**
Créatrice de mode.	**Caen**
Ennemi public numéro un.	**Caïn**
Même la nuit, il n'arrivait pas à fermer l'œil.	
Le premier à descendre.	

	Assassin en liberté surveillée.
Cana	Cité vinicole.
Canaletto	Sa spécialité était la toile de Venise.
Cannes (Festival de)	Affrontement de bandes rivales.
	Cinécure.
Cantal	Le Quinze de France.
Capri	Signe avec une corne.
Capulet	Nom de famille de Véronaise.
Carabas (marquis de)	Matou-vu.
Carlos	A un don pour l'opéra.
Carmen	Gitane allumée.
Carnac	La mégalo du mégalithe.
Carpaccio	À voir ou à manger.
Caruso	Maître chanteur.
Castafiore	Fait des bulles quand elle chante.
Castro (Fidel)	Cigarillero opiniâtre.
	Héroïne espagnole ou coco de Cuba.
Céladon	Vieil amoureux encore vert.
Cendrillon	A quitté son foyer en pantoufles.
César	Bistrot marseillais.
Cézanne	Ses pommes à l'huile sont toujours très appréciées.
C.H.	Plaqué par les Suisses.
Charteris (Leslie)	Père de Saint.
Che	Fidèle de Castro.
Chénier (André)	Un raccourci en poésie.
Cherbourg	A eu des pépins au cinéma.
Chérubin	Page célèbre de Beaumarchais.

Compositeur italien presque mozartien.	**Chérubini**
Mandarin… citron.	**Chinois**
Centaure sans torts.	**Chiron**
Officier de liaisons.	**Choderlos de Laclos**
Petit pion.	**Chose**
Noël en mer.	**Christmas**
Son art n'emballe pas tout le monde.	**Christo**
Compagnon de route.	**Christophe (saint)**
Essaim de mouches.	**C.I.A.**
Enfant de cœur.	**Cid**
Ancien marchand de chevaux.	**Citroën**
Enfant naturel des frères Lumière.	**Clair (René)**
A dû réveiller les ardeurs de Voltaire.	**Clairon**
Conquête napoléonienne.	**Clary (Désirée)**
Pierre ou André dans la chanson de papa.	**Claveau**
Histoire romaine très précieuse.	**Clélie**
Tigre à grosses moustaches.	**Clemenceau**
La Veuve joyeuse.	**Clicquot**
Bill en tête.	**Clinton**
Franc mais rancunier.	**Clovis**
A porté la francisque.	
Animateur de ciné-clubs.	**Cohl**
Histoires gauloises.	**Commentaires**
Immortel, silencieux et prudent.	**Conrart**
Navigateur ou cuisinier anglais.	**Cook**
Une Normande qui s'est fait sonner les cloches en public.	**Corneville**

Corot Faisait très bien dans le paysage.

Corydon Homosexuel emblématique.
Plaidoyer pro-homo.

Coué Avait une bonne méthode, avait une bonne méthode, avait une bonne méthode.

Cousin Germain ou Victor ?

Crau Plat du Midi.

Créon Vieil ordonnateur de pompes funèbres.

Crésus Richard de Lydie.

Cupidon Enfant de l'amour.

Custer S'est montré un peu trop cavalier avec les Indiens et ça ne lui a pas réussi.

Cyrano (de Bergerac) Un cadet était le majeur de ses soucis.
Empêchait de parler du nez.
Parle du nez quand il est enrimé.

D

Dali El Salvador.

Dalton Bande dessinée.
Hors-la-loi ou homme de loi.

Damoclès Il y a un coup de fil qu'il espérait bien ne jamais recevoir.
Homme d'épée.

Danaé Fertilisée par une bonne pluie.

Dandin (Georges) Molière le fit cocu.

Danton Patriote de la tête aux pieds.

Un beau bleu.	**Danube**
Homme de lettres mais pas meunier.	**Daudet** (Alphonse)
Gens du gratin ?	**Dauphinois**
Un sacré frondeur.	**David**
Prix de court.	**Davis** (coupe)
Station de boue.	**Dax**
James ou Martin au cinéma.	**Dean**
Planches de saluts.	**Deauville**
Naufrageur de la littérature.	**De Foe** (Daniel)
Tendron d'Achille.	**Déidamie**
Distillateurs d'eau de rose.	**Delly**
Une des Mariannes.	**Deneuve** (Catherine)
Penseur méthodique.	**Descartes**
Morte sur un lit de More.	**Desdémone**
Valet de comédie.	**Désiré**
L'homme et son moteur.	**Diesel**
Homme de robes.	**Dior** (Christian)
Ancien pilote de ligne.	
Cours de littérature soviétique.	**Don** (Paisible)
Brillant illustrateur.	**Doré** (Gustave)
Bien connu des enfants en général.	**Dourakine**
Proche de La Rochelle.	**Drieu**
Général… à vendre.	**Drouot**
Tel père, tel fils.	**Dumas** (Alexandre)
Comme comédien, il a aussi de la branche.	**Dutronc** (Jacques)
Titre de jazz.	**Duke**

E

Ealing	Excentrique londonienne.
Eastwood (Clint)	A mis du ketchup dans les spaghettis.
Éden	Parc d'attraction.
	Une tenue correcte y était exigée.
	Jardin privatif.
	Site protégé.
	Paradis pour nudistes.
	Jardin de curé.
Égée	Le vieil homme et la mer.
Égyptiens	Faisaient bander les morts.
Einstein	Le grand Albert.
Eisenstein	S.M. le roi du cinéma soviétique.
Élémir	Juste avant Bourges.
Élise	Sa lettre n'a rien de confidentiel.
	Femme de lettre.
Éloi	Orfèvre côté culotte.
	S'est forgé une sacrée réputation en plusieurs endroits.
Elsa	Regard sur la poésie française.
Elvire	La dame du lac.
Élysée	Demeure au pouvoir.
	Résidence secondaire principale.
Émilienne	De Parme ou d'Alençon ?
Émilion	Saint rouge.
Énée	A émigré en Italie après la guerre.
Énéide	Vieille relation de voyage.

Flamand rosse.	**Ensor** (James)
L'homme à la rose.	**Éole**
Un homme et une femme.	**Éon**
Jouait souvent aux dames.	
Couple singulier.	
Femme à barbe.	
Femme douteuse.	
Il est singulière.	
Homme de robe ou femme-agent.	
Inséparables.	
Double mixte.	
Couple très uni.	
Aventurier et femme du monde.	
Madame le chevalier.	
Monsieur et Madame.	
Chantilly à la sauce anglaise.	**Epsom**
Collaborateurs notoires au service de Fritz.	**Erckmann-Chatrian**
Courant d'Eire.	**Erne**
Un amour de Freud.	**Éros**
Désir de psychanalyste.	
L'amour sur un divan.	
Tout fou tout flamme.	**Érostrate**
Passe-droit.	**Ésaü**
Pigeon aux lentilles.	
Serge de Brabant.	**Escot**
Un homme à fables.	**Ésope**
Titre de Valéry.	**Estaing**
Villa à louer.	**Este**
La poule à Henri IV.	**Estrées** (Gabrielle d')

	Sautée à la béarnaise ?
Etna	S'est réveillé en vomissant.
	Bouche de chauffage central.
	Gros fumeur.
Eton	Fabrique de crème anglaise.
	Cité universitaire.
Eugénie	Madame III.
Euler	Vieux Suisse de droite.
Eurasienne	Intercontinentale.
Eure-et-Loir	Du côté de chez Swann.
Euripe	Passe au courant alternatif.
Ève	A couché avec le premier venu.
	Dame de compagnie.
	A démarré en côte.
	Vedette de l'Éden.
	Golden girl.
	Le premier palindrome.
	Parti unique.
	Est arrivée par la côte.
	Poire avec une pomme.
Évhémère	Révisionniste grec.
Evita	Vedette de la politique spectacle.
	Para ou Peron.
Ex	Saint descendu du ciel.

F

Farigoule	Pré-Romains.
Farinelli	Castrafiore.

A diablement rajeuni.	**Faust**
Âme damnée de Berlioz.	
Cygne qui fut protégé par un aigle.	**Fénelon**
W.C. de cinéma.	**Fields**
Canard ou merlan.	**Figaro**
Moulin de la galette.	**Finances (ministère des)**
Héroïne pure, vendue à Paris au XIXe siècle.	**Fleur-de-Marie**
La fleuriste du café.	**Flore**
Homme du monde et même du tour du monde.	**Fogg (Philéas)**
Rencontre trop fair-play.	**Fontenoy**
La fille du boulanger (en version italienne et en couleurs).	**Fornarina**
Capitaine et homme de troupe.	**Fracasse**
Était porté sur le divan.	**Freud**
Frisés sous le casque.	**Fridolins**

G

Ex-dirigeante du Salvador.	**Gala**
Habitué aux bains de foule.	**Gange**
Le vol de l'aigle.	**Ganymède**
Un des grands de la littérature française.	**Gargantua**
Très vieille France.	**Gaule**
Marguerite à belles fleurs blanches.	**Gautier**
Vedette de cirque.	**Gavarnie**
Terre d'origine.	**Gé**

Genet **(Jean)**	Voleur de journal.
Geneviève **(sainte)**	Fille de la montagne ou des bois.
George **(Sand)**	Nouvelle Aurore.
Géricault	Son violon d'Ingres n'était pas la trompette.
Germain	Saint en poire.
Germinal	Film noir.
Gervaise	Repasse sur les écrans.
Gibus	Travailleur du chapeau.
Gill **(André)**	Créateur de lapin au café.
Gironde	Dites : « 33 ».
Gobain	Saint de glace.
Gobi	Un endroit désert.
Godin	Un type au poêle.
Godounov **(Boris)**	Tête russe spectaculairement basse.
Gordias	Tête de nœud.
Gorgone	Sa coiffure ondulait naturellement.
Gotha	Gratin bien doré.
Graal	Vase pour la quête.
Green **(Julien)**	Vert sous l'habit vert.
Grouchy	Ce n'est pas le lièvre à la royale mais le lapin à l'impériale qui a fait sa célébrité.
Guebwiller	Fait ballon.
	Ballon captif.
Guenièvre	Madame Arthur.
Guillaume	Tell père…

H

Honorée de Balzac.	**Hanska** (comtesse)
Quartier de grosse pomme.	**Harlem**
Cap de Caroline ou capitaine de Jules.	**Hatteras**
Valet ou fils de roi.	**Hector**
Gens sans terre.	**Heimatlos**
N'a pas remplacé la mère qu'il a perdue.	
Compte en Suisse.	**Helvète**
Chaud lapin à la royale.	**Henri IV**
Panaché royal.	
Travailleur de force.	**Hercule**
Gratte-ciel en copropriété.	**Himalaya**
Jumelée à Nevers par Duras.	**Hiroshima**
Oncle jaune.	**Hô**
Vedette sur piste.	**Holmes** (Sherlock)
Nom d'un potard !	**Homais**
Tonton Tati.	**Hulot**
Oncle incarné.	
Le mister du Park.	**Hyde**

I

A noirci la dame blanche.	**Iago**
Pousse-au-crime.	
Ancêtre d'Aragon.	**Ibère**
Ne volait pas avant son évasion.	**Icare**
Oiseau rare.	

	Self-made-man de l'aviation.
	Homme de plume d'inspiration élevée.
Ida	Mont de dieu !
	Accompagnait parfois Rubinstein au théâtre.
Iliade	Chants de guerre.
	Rapport d'investissement.
Ilion	Ruinée à cause d'un cheval.
Illiers	Centre de Recherche.
	Du côté de la madeleine.
Illiers-Combray	Où la réalité dépasse la fiction.
Indra	Mâle des Indes.
Inès	De Castro pour Guevara.
I.N.R.I.	Légende chrétienne.
Internationale	Tube de coco.
Io	Broute, ma chère !
	Bouseuse bien née.
	N'était pas plus belle à poil.
	A connu l'âge bête assez tard.
	Belle bête.
	Cow-girl.
	A trouvé sabot à son pied.
	Son amant aurait pu devenir cow-boy.
	Habillée de peau de bête.
Iran	État des voiles.
Irène	Son goût du pouvoir crevait les yeux.
Irma	Respectueuse en scène.

Douce et respectueuse.	
Enfant de vieux.	**Isaac**
Col montant.	**Iseran**
Celtique blonde.	**Iseut**
A trouvé un nouveau look en Sologne.	
Blonde avec philtre.	
Bonne sœur incestueuse.	**Isis**
Défend tout ce qui est cochon.	**Islam**
État des lieux (saints).	**Israël**
Botte de paille à chapeau.	**Italie**
Botte people.	**Italiens**

J

Lame de bas-fond.	**Jack l'Éventreur**
Double maître.	**Jacques**
Jardinière ou musicien.	**Jarre**
Une danseuse lui a fait perdre la tête.	**Jean-Baptiste**
Dame ou pucelle.	**Jeanne**
Toubib or not toubib ?	**Jekyll** (docteur)
N'est venue au monde que pour se reposer.	**Jerimadeth**
Cité par Victor Hugo.	
Bidon-ville.	
Docteur ès lettres.	**Jivago**
Héroïne pure traitée aux U.S.A.	**Joan of Arc**
A inspiré Lamartine et Godard.	**Jocelyn**

Jourdain (Monsieur)	Célèbre prosateur français du XVIIe siècle.
Juan	A un don pour séduire les femmes.
Judith	Femme en carte.
Juin (maréchal)	Avait deux longueurs d'avance sur le général Hiver.

K

Kane	Citoyen américain.
Kilimandjaro	Un sommet de la littérature américaine.
Knox	Fort riche.

L

La Fontaine	Fabuleusement populaire.
Lagerlöf (Selma)	Guide du petit voyageur en Suède.
Laguiole	Rivale de Thiers.
La Hire	Capitaine ou valet.
Lalo (Édouard)	Musicien de ville d'eaux.
	A noyé ses interprètes sous des flots de musique.
Lamartine	Metteur en ondes poétiques.
Lancelot	Valet joueur.
Landais	Grand échassier du Sud-Ouest.
La Rochefoucauld (de)	François ou Maxime.
Lascaux	Galeries de peintures anciennes.

S'est fait beaucoup de belles.	**Latude**
Saint à la mode.	**Laurent**
Saint de Caroline.	
Près de Toulouse ou près de Castres ?	**Lautrec**
A eu le même partenaire que Rachel.	**Léa**
À la fois fou et roi.	**Lear**
Triste sire.	
A déménagé à cause de ses filles.	
Conquête du maréchal de Saxe.	**Lecouvreur (Adrienne)**
S'est fait bêtement avoir.	**Léda**
Placée sous le cygne de l'amour.	
A fait un tabac en Virginie.	**Lee**
Général de division.	
Madeleine… de Proust.	**Lemaire**
Eau d'Évian.	**Léman**
Quelle foire, mes aïeux !	**Lendit**
Espagnole qui change d'accent en Bretagne.	**Léon**
A transformé des poulets en hirondelles.	**Lépine**
Cantonnement de dragon.	**Lerne**
Quand la débauche le saisit ce fut dramatique, mais pas pour tous les Romains.	**Le Trouhadec (Monsieur)**
Capitale en haut lieu.	**Lhassa**
Ville flottante.	**Liège**
A fini par l'avoir son grand homme !	**Lilliput**
Grand classeur.	**Linné**

Livingstone	Docteur présumé.
Loch Ness	Nid de serpent.
	Marronnier d'Écosse.
Loire	Cours d'art et d'histoire.
Loire-Atlantique	N'a pas changé de cours mais ne souffre plus de complexe d'infériorité.
Lolita	Enfant de l'amour.
	Jeunesse littéraire.
Londres	On y a fait appel.
Lons	Saunier.
Lope de Vega	Grand constructeur d'autos en Espagne.
Loti (Pierre)	Vert marin.
	Bien ancré Quai Conti.
	La tante du frère.
Lotte	Un amour de Werther.
Louise	Couturière à l'Opéra.
Louis-Philippe	Nettement supérieur à la poire duchesse.
	Le roi de la poire.
Louis XIV	État français.
Lourdes	Ville d'eau.
Lucrezia Borgia	Fille à papa (en v.o.).
Lumière	Éclaireurs du cinéma.
Lusitania	Latino-portugaise.
Lustucru	Père de style nouille.
Lys	Courant d'Aire.
Lysistrata	Avait sur l'amour un point de vue désarmant.

M

Sex-cymbales.	**Madonna**
Va-t-en-guerre.	**Malbrough**
Faunographe poétique.	**Mallarmé**
Tête de Turc de Molière.	**Mamamouchi**
Un homme à la mer (d'Irlande).	**Man**
Grosse tranche de grosse pomme.	**Manhattan**
Chouchou de Bruxelles.	**Manneken-Pis**
Fille d'abbé.	**Manon**
A fait marcher ceux qui croyaient en lui.	**Mao Tsé-toung**
Est arrivé à pied par la Chine.	
Jaune de col.	
Ombre chinoise.	
Refroidi dans un bain.	**Marat**
Chef de poste.	**Marconi**
Capricieuse mais républicaine.	**Marianne**
Française type.	
Première dame de France.	
Galante chez les Antillais ou salope avec les marins.	**Marie**
Femme d'État.	**Marie-Thérèse**
Madame Soleil.	
Souillon de culture.	**Maritorne**
Chameau en Espagne.	
Fils et oncle de César.	**Marius**
A eu beaucoup d'histoires à Marseille.	
A baisé Fanny.	

Marnes	Coquette ou enrichissantes.
Martin	Patron de bonne coupe.
Mascarille	Valet joueur.
Massenet	Le Jules à Thaïs.
Mathias Pascal	Feu pirandellien pas éteint.
Mausole	Le roi du monument funéraire.
Meaulnes	Un des grands de la littérature française.
Meaux	Nid d'aigle.
Méditerranée	Zone bleue avec des points noirs.
Médoc	Entre-côtes… marchand de vin.
Méduse (radeau de la)	En difficulté sur une mer d'huile.
Meissonier	Pompier au service des militaires.
Mélanésiens	Enfants de Bismarck.
Melba	Elle aimait le grand air et la pêche.
Méphistophélès	Diablement malin pour un chanteur d'opéra !
Mercedes	Espagnole ou Allemande bien roulée.
Messaline	Madame Claude.
Metropolis	Cité par Lang.
Michel-Ange	Maître de chapelle.
Micromégas	Très grand personnage du XVIIIe siècle.
Milo	L'île au trésor.
Minos	Est sorti d'Europe.
	A bêtement été trompé.
Minuit chrétiens	Tube catholique.
Mireille	L'Arlésienne de Gounod.
Mithridate	Tête de Pont.

Femmes entre elles.	**M.L.F.**
Fils de son grand-père.	**Moab**
Pépé Gabin.	**Moko**
Un sommet de la musique russe.	**Mont Chauve**
L'île au trésor.	**Monte-Cristo**
Un des trésors de la littérature française qui s'en va en fumée.	
Responsable d'une invasion de puces.	**Moreno**
Haut lieu du plat.	**Moustiers**
Marchande de glace.	**Murano**
Front de mer.	**Mur de l'Atlantique**

N

Lorraine ou Américaine.	**Nancy**
Petit neveu.	**Napoléon III**
Amateur de glaces.	**Narcisse**
Beau gosse à la mine fleurie.	
Lance-fusées.	**Nasa**
Organisatrice de voyages autour du monde.	
Préparation à la flotte.	**Navale**
Résidence d'un vieil homo.	**Néanderthal**
Saint, mais pas vraiment en odeur de sainteté.	**Nectaire**
Van-van la Tulipe.	**Néerlandais**
Les filles du Van.	**Néerlandaises**
Plus que ras.	**Négus**
Chef de colonne.	**Nelson**

Néréides	Compagnie des eaux.
Nerval	Faux aristocrate à la lanterne.
Nesle	Tour en mélo.
	Tour de Bourgogne.
Ness (Eliot)	Poulet à la bière.
Nessos	Centaure mais pas sans tort.
Neubourg (Marie de)	Étoile de théâtre.
Neuneu	Ville en fête.
Neva	Émissaire russe retourné près d'Armand.
Nevers	Ses bottes étaient portées au front.
Niagara	Cours qui s'effondre.
Niepce	Jadis… et Daguerre.
Nietzsche	Philosophe… à vos souhaits !
Nijni-Novgorod	Avant et après Gorki.
Nil	Vert… d'eau.
	Lit de Moïse.
Nimbus	Professeur de dessin.
Nini (Peau-de-Chien)	Née à Montmartre et morte à la Bastille.
	Opéra à la Bastille.
Nitouche	Patronne de confection.
N.K.V.D.	Rousse à la russe.
Nobel	Prix très élevé.
Noé	S'est embarqué dans une sacrée aventure.
	A été appelé à la barre.
	Capitaine de réserve.
	Metteur en ondes.
Noël	Père de chaussures.

Gauloise grillée à l'Opéra.	**Norma**
N'aimerait pas que l'on se fasse du mauvais sang pour lui.	**Nosferatu**
Poète futuriste.	**Nostradamus**
Cité parmi les palindromes.	**Noyon**
La maison de Balzac.	**Nucingen**

O

Vedettes de la flotte.	**Océanides**
Feuillet de littérature.	**Octave**
Lit breton.	**Odet**
Cocotte en papier.	**Odette** (de Crécy)
Demi-mondaine très recherchée.	
La dame aux catleyas.	
Proche de Redon.	**Odilon**
Qu'il fût l'assassin, cela crevait les yeux.	**Œdipe**
Valet danois.	**Ogier**
Japonais méthodique.	**Ogino**
Ça ne fait pleurer personne s'il se jette dans la Saône.	**Ognon**
Allemand de la résistance.	**Ohm**
Complice de Marius.	**Olive**
Rameau ou Messiaen.	**Olivier**
Tristement célèbre en poésie.	**Olympio**
Idole phocéenne.	**O.M.**
Plutôt à l'orientale qu'à l'américaine.	**Omar**

Omo Cours fréquenté par de très vieux homos.

O.N.U. Multinationale en difficulté.

Amitiés particulières.

Juge de paix.

Tour de contrôle.

Ophélie L'amante à l'eau.

Ordoner A changé à Austerlitz avant de se retrouver dans la rue vers Montmartre.

Orestie Son héros vit dans trois pièces.

Orient Est pour l'Europe.

Orient-Express A servi de cadre à l'un des travaux d'Hercule.

Orly Frère aîné de Charles de Gaulle.

Les vols y sont très fréquents.

Orsay Ancien directeur des Beaux-Arts, mais pas chef de gare !

Orsay (musée d') Gare à la peinture.

Oscar Frère aîné de César.

Osiris Divisé par Seth.

Osques Italiques.

Otello Jaloux de Verdi.

Chanteur noir.

Otéro Caroline chérie.

Othello Sombre jaloux.

Le cocu imaginaire.

More à Venise.

Brun vénitien.

N'a jamais pu pâlir de jalousie ni rougir de colère.

Plus importante que chez Hugo mais c'est la même.	**Our**
Mère de Charles Perrault.	**Oye**

P

On a dû lui faire des ponts d'or !	**Pactole**
Tout n'est pas perdu, il suffit d'y croire.	**Padoue** **(saint Antoine de)**
Paris de Parisiens.	**Paname**
Villa au Mexique.	**Pancho**
La plus infernale des capitales.	**Pandémonium**
Propriétaire de boîte.	**Pandore**
Vieil avare italien à qui Géronte doit quelque chose.	**Pantalon**
Lieu de repos bien mérité.	**Panthéon**
Mazzola mais pas gorgonzola.	**Parmesan**
16e sur 75.	**Passy**
Homme du ministère ou homme de l'Institut.	**Pasteur**
Type de réflexes.	**Pavlov**
Dada pour Tzara ?	**Pégase**
Vaut cinq livres.	**Pentateuque**
Court royal.	**Pépin le Bref**
Homme de lettres (moins une).	**Perec** **(Georges)**
Fils de la pluie.	**Persée**
Quelque part, très loin.	**Pétaouchnock**
Docteur ès crimes.	**Petiot**
Innocent ou criminel.	

Phaéton	Finalement recalé au permis de conduire.
Phénicie	Pays d'Europe.
Philémon	Vieux de la vieille.
Philomène	Sainte farce.
Phi-Phi	Grand sculpteur qui a fait fortune dans l'opérette.
Pic de La Mirandole	Un sommet dans la culture.
Pinay	Nom d'emprunt.
Pô	Producteur de riz amer.
	Un peu de pognon mais beaucoup de liquide.
Poilâne	Gagne son pain avec ses miches.
Pol	Patron de Léon.
Polichinelle	N'a de secrets pour personne.
Pompadour	Poisson à la royale.
Ponson du Terrail	Le plus rocambolesque des romanciers.
Pont	Aven breton.
Popeye	Le costaud des épinards.
Pott	Homme de mal.
Précieuse	Pierre ou Cathos.
Presley (Elvis)	Roi de Memphis.
Promenade des Anglais	Very Nice.
Prusse	État bleu.
Prytanée	École de quartier.
Puget	Pierre de taille.
Pulcinella	Polichinelle dans le terroir.
Pygmalion	Amateur d'art vivant.
Pythie	Était en avance sur son temps.

Q

Clouzot y a montré son adresse.	**Quai des Orfèvres**
Des chiffres dans les lettres.	**Quatre-vingt-treize**
A les boules.	**Quiès**

R

Faisait suer Cléopâtre.	**Râ**
Ce n'est plus lui qui réchauffe les Cairotes.	
Épicuré de Meudon.	**Rabelais**
A distribué beaucoup de bombes à raser.	**R.A.F.**
Chaînes italiennes.	**R.A.I.**
Jules mais aussi César.	**Raimu**
Étape facultative.	**Raon**
Moujik en tête.*	**Raspoutine**
Ses transports sont tarifiés.	**R.A.T.P.**
Il suffit de passer le pont.	**Ré (île de)**
Jumelé à Sébastopol.	**Réaumur**
Le pays du Sourire.	**Reims**
Étape royale.	
Anciens louveteaux.	**Remus et Romulus**
Héros de Roman.	**Renart**
Guide d'Italie.	**Reni**
On s'y délie très facilement.	**Reno**
Cours de l'or pour un Richard.	**Rhin**
Cours mixte.	

	Cours d'opéra.
	De l'eau dans le verre de Musset.
Rif	La guerre du feu.
Rintintin	Cabot cabot.
Rio	Vedette de la danse.
Rip	Réveillé en musique.
Rivera (Diego)	Peintre en bâtiment au Mexique.
Roanne	Gare à la bonne cuisine.
Robespierre	Le pays de Bidasse.
Robin	Homme des bois ou homme des lois.
Rocroi	Piquette espagnole consommée dans les Ardennes.
Rodrigue	Garçon d'honneur.
Rohan	Cardinal déboussolé.
	Pigeon à collier.
Roi d'Ys (le)	Opéra dans les eaux.
Rois fainéants	Francs dévalués.
Roland-Garros	On peut s'y attendre à bien des revers.
Roméo	Fils de famille arrivé en haut de l'échelle.
Roquevillard	Une grande famille de Bordeaux.
Rosine	La belle de Séville.
Rossinante	Dada en littérature.
Rossini	A écrit des notes pour le Figaro.
Rubicon	Cours du sort.
Rude	Interprète de la Marseillaise.
	Travailleur à l'Arc.
Rummel	Difficile de lui couper la gorge en Algérie !

Base d'alimentation.	**Rungis**
Pays de montagnes.	**Russie**
La Moabite à Booz.	**Ruth**
Valet de cœur.	**Ruy Blas**

S

Vieux gauliste entré dans une longue clandestinité.	**Sabinus**
S'est donné beaucoup de mal pour écrire ses livres.	**Sacher-Masoch**
Licencieux ès lettres.	**Sade**
Saint de bonne composition.	**Saëns**
Charles V ou Ferdinand VI.	**Sage**
Gare aux Marseillais.	**Saint-Charles**
Tour-opérateur.	**Saint-Esprit**
Un sommet de la peinture française.	**Sainte-Victoire**
La plume et les ailes.	**Saint-Ex**
Comte fantastique.	**Saint-Germain**
Quartier de noblesse.	**Saint-Germain (faubourg)**
Mis à la porte de Paris et exilé aux Antilles.	**Saint-Martin**
Devrait être jumelée avec La Charité-sur-Loire.	**Saint-Ouen-l'Aumône**
Pour vous y rendre, suivez les flèches.	**Saint-Sébastien**
Rapporteur à la cour.	**Saint-Simon**
Port de vedettes.	**Saint-Tropez**
Francs belges.	**Saliens**

Salluste	Un don pas sympathique de Victor Hugo.
Salut (îles du)	Gardiennes de prison à la retraite.
Samain (Albert)	Producteur de vers de vase.
Sambre-et-Meuse	Cours de marche.
Samothrace (Victoire de)	Comment aurait-elle pu voler au Louvre avec toute cette surveillance ?
Samson	Fort de Gaza.
San	Sacré Francisco !
Sand (George)	S'est fait un nom en coupant la queue de son Jules.
	Aurore berrichonne.
Santa-Maria	Caravelle long-courrier.
Saône	Lyonnaise des eaux.
Sarah	La merveille des mères vieilles.
Sarcey	Francisque à une époque critique.
Sargasses	Prés salés.
Sartre (Jean-Paul)	Mâle du Castor.
	Philosophe français qui avait un œil sur la littérature et un autre sur la politique.
	Philosophe louche.
Satan	Conduit le bal.
	Maître de bolets.
Scarface	Bande de gangsters.
Scotland Yard	Rousse anglaise.
Scudéry (Madeleine de)	Précieuse cartographe.
S.D.N.	Vieux machin.
Séide	Omar l'a tué.
Seigneur	Personnage de tragédie.

Cours de poésie pour Apollinaire.	**Seine**
Parisienne au courant.	
Total : 77.	**Seine-et-Marne**
Molière l'a fait cocu.	**Sganarelle**
Temple du cinéma, mais de petite dimension.	**Shirley**
Pays frère.	**Siam**
Franc ancien.	**Sicambre**
Haut de gamme en littérature.	**Sido**
Italienne à l'ombre.	**Sienne**
Ancien ministre resté dans l'ombre.	**Silhouette**
Ornement de colonne antique.	**Siméon**
Produite en série par Schneider.	**Sissi**
Impératriste.	
Condamné aux travaux forcés par roulement.	**Sisyphe**
Maître de chapelle.	**Sixte IV**
À l'origine du « vase brisé ».	**Soissons**
Feu avec flamme.	**Soldat inconnu**
Anonyme mais très célèbre.	
Constructeur de théâtre norvégien.	**Solness**
On peut l'admirer dans *L'Éternel Retour* et dans *La Règle du jeu*.	**Sologne**
Bonne réplique de théâtre.	**Sosie**
Pompe théâtrale.	**Soulier** **(de satin)**
Petites Antillaises.	**Sous-le-Vent** **(îles)**
Mauvais pas.	**Spa**
Dassin en aurait fait un ferrailleur.	

Stakhanov	A beaucoup travaillé à la cause stalinienne.
Sud	Cardinal esclavagiste.
Sudiste	Fils de Virginie.
Sue (Eugène)	Guide des bas-fonds de Paris.
Suétone	Collectionneur de Césars.
Suger	Restaurateur de Saint-Denis.
Suisse	Homme d'État ou homme d'église.
	Nid de coucous.
	Abri de fortune.
Suissesse	Telle Tell.
Sully	Monsieur Prudhomme, poète.

T

Tagore (Rabindranath)	Indien à plume.
Talma	Homme de troupe sous Napoléon.
Tannhauser	Chanteur wagnérien.
Tarn	Encaissé en 81.
Tartempion	Machin.
Tass	Soulignait les informations en rouge.
	Source filtrée.
Tati	Scheff de bandes.
	Mon oncle Jacques.
Tatin	Célèbre mais très tarte.
Tatum	L'Art du jazz.
Tchernobyl	Centrale pour condamnés à mort

Virage glissant.	**Telemark**
Tireur d'élite.	**Tell** (Guillaume)
Piqueur de pommes.	
Maison de Maupassant.	**Tellier**
Bonne mère.	**Teresa**
Mère courage.	
Edmond Valéryen.	**Teste**
Homme d'État américain.	**Texan**
Alexandrine de France.	**Thaïs**
Courtisane de France.	
Directrice de théâtre.	**Thalie**
Ancienne maison de tolérance.	**Thélème**
Usager du tunnel.	**Théramène**
Correspondant de guerre classique.	
Le fils d'Aethra et de Poséidon.	**Thésée**
Le premier à offrir une tournée.	**Thespis**
L'arroseur de Bagdad.	**Tigre**
Temps de canard pour les Anglais.	**Times**
Grand bâtiment entièrement sinistré.	**Titanic**
Plus cornélien que racinien.	**Tite**
Médecin imaginaire.	**Toinette**
Un chat animé de desseins belliqueux.	**Tom**
Tonton noir.	
Macaroni à la florentine.	**Toscan**
Terre de Sienne.	**Toscane**
Un maître… cinquante-deux !	**Toulouse-Lautrec**
Grand nabot.	

Tour de France Le supplice de la roue.

Trafalgar Front de mer.

Trianon Le petit n'a rien à voir avec les Folies-Bergère.

Trianon (Petit) Folie royale.

Triboulet Fou de théâtre.

Trinité Sainte alliance.

Triolet (Elsa) Coco-bel-œil.
Russe d'Aragon.

Troyon Vachement inspiré en peinture.

Tulle Aurait pu être jumelée à Gaza.

Turc Fort, mais pas de France.

Tweed Cours de la laine.

Tyrol Fameux pour l'air de ses montagnes.

U

Ubu Souverainement emmerdreur.
Plus original que Cambronne.
Roi de la politique spectacle.

Uderzo Humorix graphix.

Ulster Préférable à la capote anglaise ?

Union Jack au bout du tunnel.

U.N.O. Palindrome bilingue.

Ur À la droite du Seigneur.
La fin du jour.
Ici repose…
S'était endormie près de Booz.

Muse à lunettes.	**Uranie**
Ciel de Grèce.	**Uranus**
Compte en Suisse.	**Uri**
André Gide en est doublement revenu.	**U.R.S.S.**
Disparue dans une implosion.	
Feue rouge.	
Virginie, Caroline et les autres.	**U.S.A.**
Grand ensemble américain.	

V

Bataille de la Marne.	**Valmy**
Tonton de Russie.	**Vania**
Perdant de la marée.	**Vatel**
Cité en capitale.	**Vatican**
État urbain.	
Homme fort.	**Vauban**
Belle étrangère bien installée à Paris.	**Vénus de Milo**
A eu des amants très jeunes.	**Vérone**
S'est dissimulé pour cracher.	**Vian (Boris)**
Un as pour les cartes.	**Vidal de La Blache**
Madame de… à la mairie de Verrières mais Louise pour les intimes.	**Vilmorin**
Célèbre metteur en Cène.	**Vinci**
Un grand restaurateur de Saint-Germain-des-Prés.	**Viollet-le-Duc**
Physicien éclairé.	**Volta**

Vosges	Zone bleue.
Vulcain	Maître de forges.

W

Walewska (Marie)	Conquête napoléonienne.
Wellington	On a répondu très grossièrement à sa demande de rendez-vous !
West	Cardinal et écrivain anglais.

X

Xanadu	Pour un Khân ou pour un Kane.
Xanthippe	Poison violent pour Socrate.

Y

Ymir	Grand froid.
Ys	Ses bâtiments font depuis longtemps partie de la flotte bretonne.
	Bretonne liquidée.
	Ville d'eaux.
Ysaye (Eugène Auguste)	Archet du roi (des Belges).
Yser	Fleuve de sang.
Yvan	Gréco-russe pour l'état civil.
Yvette	Fait monter le cours de l'Orge.

Z

Vedette du ballon ovale.	**Zeppelin**
Arrivée pile.	**Zoé**
Avocat d'affaire.	**Zola** (Émile)
Accusateur public.	
Un héros marquant.	**Zorro**

DU MÊME AUTEUR

Le Fantastique au cinéma
Pauvert, 1958

Les Grilles de Paris
Albin Michel, 1972

Cent problèmes de mots croisés
Presses Pocket, 1975
et Jean-Claude Siméon, 1977

Cami
Seghers, 1976

Jeux de lettres, jeux d'esprit
Jean-Claude Siméon, 1977

Jeux de mots croisés
Éditions Hors Collection, 1997

Troyes et moi
Cahiers bleus, 1998

Mots croisés, vol. 1
Zulma, 1999

Mots croisés, vol. 2
Zulma, 2000

Mots croisés, vol. 3
Zulma, 2000

Trucs, machins et autres choses
Zulma, 2000

Mots croisés, vol. 4
Zulma, 2001

Mots croisés, vol. 5
Zulma, 2001

Mots croisés, vol. 6
Zulma, 2002

Mots croisés, vol. 7
Zulma, 2002

Mots croisés, vol. 8
Zulma, 2003

Mots croisés, vol. 9
Zulma, 2003

Nouveaux trucs et machins
Zulma, 2004

Mots croisés, vol. 10
Zulma, 2004

Mots croisés, vol. 11
Zulma, 2005

Mots croisés, vol. 12
Zulma, 2005

Mots croisés
120 grandes grilles
Zulma, 2008

COMPOSITION : PAO EDITIONS DU SEUIL

CPI Bussière

Cet ouvrage a été imprimé en France par
CPI Bussière
à Saint-Amand-Montrond (Cher)
en mai 2009.
N° d'édition : 90491-2. - N° d'impression : 90725.
Dépôt légal : octobre 2006.

Collection Points

DERNIERS TITRES PARUS

P2130. Porno, *Irvine Welsh*
P2131. Jubilee, *Margaret Walker*
P2132. Michael Tolliver est vivant, *Armistead Maupin*
P2133. Le Saule, *Hubert Selby Jr*
P2134. Les Européens, *Henry James*
P2135. Comédie new-yorkaise, *David Schickler*
P2136. Professeur d'abstinence, *Tom Perrotta*
P2137. Haut vol : histoire d'amour, *Peter Carey*
P2138. Le Siffleur, *Laurent Chalumeau*
P2139. La Danseuse de Mao, *Qiu Xiaolong*
P2140. L'Homme délaissé, *C. J. Box*
P2141. Les Jardins de la mort, *George P. Pelecanos*
P2142. Avril rouge, *Santiago Roncagliolo*
P2143. Ma Mère, *Richard Ford*
P2144. Comme une mère, *Karine Reysset*
P2145. Titus d'Enfer. La Trilogie de Gormenghast, 1
Mervyn Peake
P2146. Gormenghast. La Trilogie de Gormenghast, 2
Mervyn Peake
P2147. Au monde.
Ce qu'accoucher veut dire : une sage-femme raconte…
Chantal Birman
P2148. Du plaisir à la dépendance.
Nouvelles thérapies, nouvelles addictions
Michel Lejoyeux
P2149. Carnets d'une longue marche.
Nouvelle marche d'Istanbul à Xi'an
Bernard Ollivier, François Dermaut
P2150. Treize Lunes, *Charles Frazier*
P2151. L'Amour du français.
Contre les puristes et autres censeurs de la langue
Alain Rey
P2152. Le Bout du rouleau, *Richard Ford*
P2153. Belle-sœur, *Patrick Besson*
P2154. Après, Fred Chichin est mort, *Pascale Clark*
P2155. La Leçon du maître et autres nouvelles, *Henry James*
P2156. La Route, *Cormac McCarthy*
P2157. À genoux, *Michael Connelly*
P2158. Baka !, *Dominique Sylvain*
P2159. Toujours L.A., *Bruce Wagner*
P2160. C'est la vie, *Ron Hansen*

P2161. Groom, *François Vallejo*
P2162. Les Démons de Dexter, *Jeff Lindsay*
P2163. Journal 1942-1944, *Hélène Berr*
P2164. Journal 1942-1944 (édition scolaire), *Hélène Berr*
P2165. Pura vida. Vie et Mort de William Walker
Patrick Deville
P2166. Terroriste, *John Updike*
P2167. Le Chien de Dieu, *Patrick Bard*
P2168. La Trace, *Richard Collasse*
P2169. L'Homme du lac, *Arnaldur Indridason*
P2170. Et que justice soit faite, *Michael Koryta*
P2171. Le Dernier des Weynfeldt, *Martin Suter*
P2172. Le Noir qui marche à pied, *Louis-Ferdinand Despreez*
P2173. Abysses, *Frank Schätzing*
P2174. L'Audace d'espérer. Un nouveau rêve américain
Barack Obama
P2175. Une Mercedes blanche avec des ailerons, *James Hawes*
P2176. La Fin des mystères, *Scarlett Thomas*
P2177. La Mémoire neuve, *Jérôme Lambert*
P2178. Méli-vélo. Abécédaire amoureux du vélo
Paul Fournel
P2179. Le Prince des braqueurs, *Chuck Hogan*
P2180. Corsaires du levant, *Arturo Pérez-Reverte*
P2181. Mort sur liste d'attente, *Veit Heinichen*
P2182. Héros et tombes, *Ernesto Sabato*
P2183. Teresa l'après-midi, *Juan Marsé*
P2184. Titus errant. La Trilogie de Gormenghast, 3
Mervyn Peake
P2185. Julie et Julia. Sexe, blog et bœuf bourguignon
Julie Powell
P2186. Le Violon d'Hitler, *Igal Shamir*
P2187. La Mère qui voulait être femme, *Maryse Wolinski*
P2188. Le Maître d'amour, *Maryse Wolinski*
P2189. Les Oiseaux de Bangkok, *Manuel Vázquez Montalbán*
P2190. Intérieur Sud, *Bertrand Visage*
P2191. L'Homme qui voulait voir Mahona, *Henri Gougaud*
P2192. Écorces de sang, *Tana French*
P2193. Café Lovely, *Rattawut Lapacharoensap*
P2194. Vous ne me connaissez pas, *Joyce Carol Oates*
P2195. La Fortune de l'homme et autres nouvelles
Anne Brochet
P2196. L'Été le plus chaud, *Zsuzsa Bánk*
P2197. Ce que je sais… Un magnifique désastre 1988-1995.
Mémoires 2, *Charles Pasqua*
P2198. Ambre, vol. 1, *Kathleen Winsor*
P2199. Ambre, vol. 2, *Kathleen Winsor*